7인 엄마의
병영일기

_____ 님께

소중한 마음을 담아 드립니다.

20 . . .

_____ 드림

7인 엄마의
병영일기

초판 1쇄 발행 2016년 7월 30일

지 은 이 최정애 외 6인
발 행 인 권선복
편집주간 김정웅
디 자 인 김소영
전 자 책 천훈민
마 케 팅 권보송
발 행 처 행복한 에너지
출판등록 제315-2011-000035호
주   소 (157-010) 서울특별시 강서구 화곡로 232
전   화 0505-613-6133
팩   스 0303-0799-1560
홈페이지 www.happybook.or.kr
이 메 일 ksbdata@daum.net

값 15,000원

ISBN 979-11-86673-61-4   03810

Copyright ⓒ 최정애 외 6인, 2016

행복한 에너지는 독자 여러분의 아이디어와 원고 투고를 기다립니다. 책으로 만들기를 원하는 콘텐츠가 있으신 분은 이메일이나 홈페이지를 통해 간단한 기획서와 기획의도, 연락처 등을 보내주십시오. 행복한 에너지의 문은 언제나 활짝 열려 있습니다.

대한민국 국군 장병을 응원하다

7인 엄마의
병영일기

김용옥, 김혜옥, 류자, 백경숙, 조우옥, 최정애, 황원숙 지음

행복한에너지

여자는 약하나
어머니는 강하다

국방기술품질원장 **이헌곤**

이 책의 발간사 첫머리에 "여자는 약하나 어머니는 강하다."라는 문구가 인용되어 있습니다. 책을 한 페이지씩 넘기다 보면 그 문구에 고개가 절로 끄덕여집니다. 대부분의 어머니들이 아들딸의 군대 입대로 군을 처음 접하셨을 텐데 그 속에 뛰어들어 군의 다양성과 병영생활을 체험하면서 느낀 점을 적극적으로 전파하시는 모습에서 어머니들의 강인함을 다시 한 번 느낄 수 있었습니다.

저는 이 책을 집필하신 어머니들 중에서 2015년에 활동한 "제2기 어머니 장병급식 모니터링단" 어머니들의 활약상에 대해 잘 알고 있습니다. "어머니 장병급식 모니터링단"은 15명으로 구성되어 군 급식의 실태를 현장에서 파악하여 개선사항을 제기하고, 국민들에게 군 급식의 실태를 투명하게 알리는 메신저 역할도 해왔습니다.

특히, 활동기간 중 3개조로 나누어 연구하고 발표하신 「조리과정에서의 U-HACCP 적용방안」, 「군대 급식 맛의 표준화를 위한 제안」, 「잔반 없는 군장병 급식을 위한 권장식 추천」은 연구 과정이나 내용적인 면에서 매우 훌륭했다고 생각하고 있으며 어머니들의 정성과 열정을 느낄 수 있었습니다.

이 책에서도 병영 생활 체험과 여러 군 관계자와의 만남을 통해 대한민국 장병을 둔 어머니로서의 마음가짐과 군에 대한 편견을 바로잡기 위한 내용들은 사실적이면서도 감동적이었습니다. 다양한 측면에서 군에 접근하여 새로운 시각으로 표현하시는 모습에 오히려 제가 더 배워야겠다는 생각을 하였습니다.

또한 전업 작가가 아닌 어머니들이 이렇게 좋은 글을 쓰실 수 있는 것에 놀랐으며, 이분들의 국가를 사랑하는 마음에 감사를 표하게 되었습니다. 다시 한 번『7인 엄마의 병영일기』의 발간을 진심으로 축하드립니다. 감사합니다.

자랑스러운 우리 군인들의 모습을 볼 수 있는 책

사단법인 대한민국병역명문가회 명예 회장(초대 회장) 허재도

1년 중 가장 뜨거운 계절 7월, 아들을 군에 보낸 어머니들의 열정이 묻은『7인 엄마의 병영일기』발간을 진심으로 축하드립니다. 처음으로 발간하는『7인 엄마의 병영일기』는 군軍에 대한 국민들의 관심을 높이고 어머니기자단들로 하여금 자부심을 갖도록 하여 미래의 대한민국 국가안보와 자주국방의 밑거름이 될 것입니다.

자랑스러운 우리 군인들의 모범적인 활동상과 병역명문가에 대하여 취재한 내용을 다양한 계층과의 의사소통과 병역이행 홍보를 위하여 한 권의 책으로 발간한 것이 큰 뜻이 있다고 생각합니다. 특히 조우옥 기자는 여성예비군에 입대하여 병영 체험을 통해 나라사랑을 실천하였고, 두 아들을 명예롭게 군 복무를 마치게 했습니다. 올해 병역명문가로 선정되었다는 소식에 대한민국병역명문가회 명예회장으로서 더욱 반갑고 축하를 드립니다.

세계가 인정하는 우리 대한민국은 오늘날 열악한 환경 속에서도 강국이 된 것은 작으나마 나라를 위해 힘써온 어머니기자들의 열정과 헌신이 있었기에 가능했다고 생각합니다.

지금까지의 모든 힘을 모아 발간하는 『7인 엄마의 병영일기』도 힘차게 도약하기를 기원하며 여러분의 노고에 아낌없는 박수를 보냅니다. 끝으로 발간을 위해 애쓰신 기자단 여러분께 다시 한 번 격려의 말씀을 드립니다.

병무 관련 책 발간을 축하드리며

예비군 부천시 오정구 기동대장 **김재열**

최근 들어 북한의 미사일 발사 등으로 그 어느 때보다 국민의 안보의식의 중요성이 절실히 요구되고 있는 상황에서 병무 관련 책 출판을 진심으로 축하드립니다.

병무홍보 활동에 앞장 선 7인의 어머니는 국가의 안보를 튼튼히 하는 데 일조하면서도 가정에서는 살뜰하게 내조를 하는 분으로 자타가 인정하는 훌륭한 어머니들입니다.

　대한의 아들을 군에 보내고 열정적으로 장병 사랑 홍보 활동을 펼쳐 온 어머니들의 체험기가 좋은 모범사례로 남겨지리라 보입니다.

　다시 한 번 병무관련 책 발간을 축하드리며 대한민국의 안보를 위해, 그리고 여성예비군의 발전을 위하고, 가정의 행복을 위해 한 걸음 더 나아가 주시길 당부 드립니다. 감사합니다.

아름다우면서도
강한 어머니들

〈명량〉, 〈국제시장〉 소설 작가 **김호경**

　남자에게 20대가 활짝 피어나는 봄이라면 여자에게 40대는 어떤 계절일까요? 특히 20대 아들을 둔 어머니에게 어떤 계절이 어울릴까요? 어쩌면 가을이 가장 적합할 것입니다.

　인생의 가장 빛나는 시기에 군인으로 복무하는 남자는 훗날 훌륭한 열매를 맺을 씨앗을 뿌리는 것과 같고, 어머니는 가을이란 나이에 그 열매를 풍성하게 수확을 하게 됩니다.

　이 책에는 국가와 자신을 위해 땀을 흘리는 멋진 아들들의 강건함과 그 아들들을 길러낸 자랑스런 어머니들의 아름다운 헌신이 담겨 있습니다.

　때로는 수필로, 혹은 탐방기로, 한 편의 시로, 편지글로 나라사랑의 마음이 깊이 녹아들어 있습니다. 그 누가 이들에게 박수갈채를 보내지 않을 수 있겠습니까.

격랑이 이는 바다에서, 깊은 산속에서, 휴전선이 바로 눈앞에 보이는 능선에서 오늘도 조국을 수호하고 있는 늠름한 후배들과 그들을 길러낸 '아름다우면서도 강한 어머니들'에게 깊은 감사를 보냅니다.

현 시대를 살아가는 이들이
필독해야 할 권장 도서

중부해양경비안전본부장 **이주성**

광복 70년을 맞아 구성된 광복드림팀과 3일간의 독도영토순례 기억이 아직도 생생한 3월의 어느 오후, 지난겨울 내내 작업실에서 밤늦은 시간까지 펜을 놓지 않았던 7인의 탈고 소식에 힘찬 격려를 보냅니다.

이 시대, 이 땅을 살아가는 어머니들의 위대한 힘은 지난겨울 동토의 최북단에서 또 거센 파도와 싸우는 남해안 바다의 끝자락에서 이 나라를 지키고 있습니다. 또한, 이 책을 통해 대한민국을 지키는 최외곽까지의 현장감들을 전해주고 있어 현 시대를 살아가는 이들이 한번쯤은 필독해야 할 권장 도서라 생각합니다.

유엔의 대북 제재가 시작되고 여러 가지 국내외적 상황이 어려운 이 시기에 육상과 해상의 반공망은 물샐틈없이 작동하고 있고, 그 가운데 1만여 해경 직원과 경비함정들은 해양영토의 수호자로서 소명을 다하고 있습니다.

이처럼 조국의 산하를 지키는 아들딸들을 훌륭히 키워내고, 이들이 땀을 흘리는 모습들을 한 권의 책에 아름다운 모습으로 담아낸 어머니들에게 깊은 찬사를 보냅니다.

사회를 밝게 만드는
어머니들의 군인 정신

〈연평해전〉 감독 **김학순**

아들을 군에 보내고 노심초사하는 일은 모든 어머니의 마음일 것입니다. 해군 입대 시 어머니가 우시던 모습이 그려집니다. 7남매 중 유독 말썽을 많이 부리던 아들의 군 생활을 불안해하고 못 미더워하셨습니다.

이 책에는 아들을 군에 보낸 어머니들의 적극적이고 진취적 활동이 담겨 있습니다. 아들이 더욱 군인다울 수 있는 것은 씩씩하게 생활하는 어머니들이 있기 때문이라 여겨집니다. 아들은 군에서 어머니들은 사회에서 군인 정신으로 사회를 밝게 만드는 모습이 든든합니다.

과거 전통적인 어머니상은 정적이고 차분함이었습니다. 용감한 전사 같은 어머니들을 보니 시대가 변했음을 실감합니다. 군에 보낸 아들의 의식주 해결은 잘 하는지 걱정만 하기보다 직접 현장을 찾아 병영문화개선에 앞장서는 어머니들께 감사드립니다. 어머니들의 경험담이 입대를 앞둔 자녀를 둔 어머니들에게 자극이 될 것 같습니다.

지난해 군인이 존경 받는 사회를 꿈꾸며 연평재단을 창립했습니다. 군인사랑이 남다른 7명의 어머니 사연을 접하니 군인이 존경받는 사회가 점점 가까워짐을 느낍니다.

이 나라의 주인인
장병들

국무조정실 안전환경정책관, 전 광복70년 기념사업추진기획단장 송경원

지난 한 해는 우리가 광복 70년을 맞는 해였습니다. 선열들의 헌신을 통해 나라를 찾은 광복, 자신의 안위보다 가족, 나라를 먼저 생각하면서 영일이 없었던 선배들의 노력이 있기에 오늘의 우리가 있을 수 있었습니다. 광복 이후 우리는 원조를 받는 국가에서 원조를 주는 2차 대전 이후 첫 번째 국가이자, 경제규모 세계 7위권의 큰 나라가 되었습니다. 광복 70년의 슬로건이 위대한 여정 새로운 도약입니다만, 그야말로 우리가 걸어온 길이 위대한 여정이라고 할 수 있습니다. 우리는 이러한 역사적 성취를 이뤄낸 민족적 자긍심을 바탕으로 새로운 도약을 만들어야 하는 과제를 안고 있습니다.

지난해 광복 70년을 맞아 광복드림팀을 운영했고, 장병 여러분의 어머니들께서도 기꺼이 동참해 주셨습니다. 어떻게 보면 그들의 노력은 오늘날 우리가 서 있는 토대입니다. 여러분, 자부심을 가지십시오. 여러분의 부모로부터 받은 사랑과 베풂의 정신을 사회와 나라를 위해 조금만 생각해 주시면 됩니다. 여러분이 지나온 길이 우리의 역사가 되고, 여러분이 꾸는 꿈이 우리의 미래가 됩니다. 여러분이 이 나라의 주인입니다.

자부심 갖고 희망이 넘치는 든든하고 큰 나라로 이끌어 주십시오. 그러기 위해 군 생활 동안 먼저 여러분이 건강하고 많은 발전 이루시길 바랍니다. 장병 여러분 파이팅!!

뜻깊은 배움의 시간인 군 생활

강원도 화천군 사내면장 **신광태**

내가 군복무를 마친 지 어언 34년이 지났다.

어제도 친구들 모임 석상에서 시간 가는 줄 모르고 군 생활 이야기를 했다. 벌써 강산이 세 번이나 변했다는 세월이 흘렀지만, 포병 출신인 나는 105미리 포 최대 사거리가 얼마인지, 평각·사각·장약에 따른 목표지점까지 대충 짐작할 정도로 생생하다.

무엇 때문일까. 아마도 군 시절 몸에 밴 국토방위 중요성과 유사시 대처를 위한 투철한 사명감 때문으로 생각된다. 이처럼 병과 또는 주특기에 따라 기억되는 내용 차이는 있을지언정, 병역을 마친 남자들은 대체로 비슷하다.

군에 대한 아련한 향수와 끈끈한 전우애가 마음속 깊이 자리하고 있다. 이등병 시절 당시 상병이나 병장이었던 사람을 만나면 '단결'

을 외치며 거수경례를 한다. 50대 중반이 훌쩍 넘은 두 사람에겐 그 순간만큼은 경건하다. 누가 시킨 것도 아닌데 말끝마다 깍듯이 존칭을 쓴다.

우리나라 남녀 평생 이야기 주제 중 여성은 학창시절, 남성은 군 생활 이야기를 한다는 말이 있다. 길지 않은 시간에 스친 인연, 군 경험이란 남자들에겐 우정과 사랑이 점철돼 있다. 그것을 전우애라 한다. 병역을 필한 남성들만의 특권이다.

지난 1월 7일, 아들이 군에 입대했다. 훈련소에서 아들의 손을 놓고 돌아오는 길, 한순간도 안심이 되질 않았다. '공부만 하다 간 녀석이 뭘 알까, 고문관으로 찍히는 건 아닐까, 적응을 못 하면 어쩌지' 등등…….

그런 생각들은 첫 면회를 갔을 때, 한낱 기우라는 걸 알았다. 군복을 입은 씩씩한 녀석은 대견스럽다는 생각을 넘어 믿음직스럽기까지 했다.

"군 생활은 네게 있어 결코 헛된 기간이 아니다. 그 기간 동안 공부를 했으면 더 빠른 발전을 할 수도 있을지도 모른다는 생각을 했다면, 버려라. 군 생활을 나라사랑 마인드 함양과 인생을 살면서 자신감을 배우고 슬기로움을 배우는 기간으로 받아들인다면 군 생활을 하지 않은 친구들보다 폭넓게 배울 기회를 얻은 것이란다."

아들 녀석에게 했던 말이지만, 지금 군 생활을 하고 있는 젊은이들과 군 입대를 앞둔 청년들에게 하고 싶었던 말이기도 하다.

"여자는 약하나 어머니는 강하다."는 말이 있습니다. 여기 아들을 군에 보내고 더 강해진 어머니 7명이 모였습니다. 아들 입대를 통해 본 군은 생각보다 다양한 소통 채널이 있고, 여가활동과 자기 계발을 할 수 있었습니다. 집밥 못지않게 안전하고 균형 있는 군 급식 또한 아들을 군에 보낸 엄마의 마음을 놓이게 했습니다.

혹자는 아들을 군에 보내고 전선의 아들 생각에 일이 손에 잡히지 않는다고 합니다. 그러나 저희는 아들 입대를 계기로 날로 선진화되고 있는 병역 현장을 체험하면서 아들을 군에 보낸 일이 무엇보다 뿌듯했습니다. 아들은 군대에서, 엄마는 사회에서 나라를 지킨다는 각오로 생활합니다.

2015년은 광복 70년이 되는 해였습니다. 정부는 광복 70년을 맞아 '위대한 여정, 새로운 도약'이라는 슬로건으로 광복의 의미를 새길 수 있는 다채로운 기념사업을 펼쳤습니다. 이 사업을 알리기 위해 구성된 70명의 광복드림팀 일원으로도 활동하며 우리도 역사적인 이 해에 뭔가 의미 있는 일을 하고 싶었습니다.

    2015년 8월, 북한 목함지뢰 사건 시 나라를 지키기 위해 전역을 미룬 신안보 세대들, 장롱 속에 넣어둔 군복과 전투화를 꺼내는 예비역들, 또한 전역 연기 장병이 군 복무를 마치고 복학 시 전액장학증서를 수여하겠다는 대학교, 전역 연기 장병들을 특별 채용하겠다는 기업들을 보았습니다. 영화 수익금 중 10억 원을 출연해 연평재단을 창립한 영화 〈연평해전〉 김학순 감독님의 사연도 접했습니다. 연평재단은 앞으로 목숨 바쳐 나라와 국민을 지키는 군인이 존경받는 사회 분위기 조성에 앞장선다고 합니다.

    해군함대 견학 시 서해수호관에서 본 해군 창시자 손원일 제독의 부인 홍은혜 여사님과 천안함 46용사 민평기 상사의 어머니 윤청자 여사님의 이야기는 우리의 활동을 더욱 채찍질했습니다. 홍 여사님은 해군 최초의 군함 백두산함 구입에 공이 큰 분이시고, 윤 여사님은 아들의 사망보험금을 기증해 3·26기관총을 탄생시켰습니다.

    이런 사연을 접하며 마음이 바빠졌습니다. 아들을 군에 보낸 엄마들이 할 일을 생각했습니다. 그동안 징병검사장, 병역명문가 시상식, 군 급식이 이루어지는 현장 등 많은 병영 체험을 했습니다. 광복 70년 행사로 진행된 해양경비안전교육원 해양영토순례에 합류해 해양 영토의 요충지 독도를 둘러볼 기회도 있었습니다. 아시아 최대 규모 상륙함 '독도함'을 타고 간 '2015 해군관함식', 경의선 남쪽 종점이자 북으로 가는 출발점인 도라산역 플랫폼에서 열린 백건우 통일 음악회는 진정한 광복인 통일을 더욱 염원하게 했습니다.

일류 국가를 가늠하는 잣대는 '숲과 기록'이라는 말이 있습니다. 대통령기록전시관에 걸린 "기록은 미래의 시작"이라는 글귀도 가슴에 와 닿았습니다. 광복 70년, 7명의 어머니는 그간 활동한 내용 중 7가지를 뽑아 기록으로 남기고 싶었습니다. 평소 군에 대한 남다른 애정으로 국방대학교, 국군기무사령부 등에 도서 기증을 해 오고 있는 행복에너지 출판사 권선복 대표님께 우리의 뜻을 전했습니다.

권 대표님은 "여성 예비군, 정책기자, 시인, 농업인 등으로 구성된 어머니들이 전국을 무대로 활발하게 활동하는 모습을 보니 에너지가 팡팡 솟는다. 출판인으로서 이런 기록들은 남겨 사회의 귀감이 되고자 한다."라며 힘을 실어주셨습니다.

아내는 생활 영역이 안에서 많이 이루진다고 '안사람'이라고들 부르지요. 사이렌 소리가 나면 출동하듯 전국의 병영 현장을 다니느라 안사람 역할 제대로 못함을 널리 이해해 준 남편, 엄마 마음 놓고 바깥일 할 수 있게 군 생활 충실히 해 준 아들, 무엇보다 불철주야 나라를 지키는 대한의 아들들이 있었기에 가능한 일이었습니다. 7인이 비추는 무지개색이 세상을 밝히는 데 도움이 되기를 바랍니다. 감사합니다.

2016년 7월

장병 사랑 나라 사랑 7인 엄마 일동

목차

PART 7 **황원숙 어머니 기자**

약력

1963년 충청남도 보령군 청라면 향천리 출생

2008년부터 현재까지 인천서구자원봉사센터 동 상담가

2009년부터 현재까지 인천서구자원봉사센터 교육 강사

2009년~2011년 교육과학기술부 학부모 모니터

2010년~2011년 교육과학기술부 학부모 강사

2012년~2015년 인천시교육청 학부모 정책 자문위원

2015년~2016년 생활공감 정책 모니터 인천 서구 대표

2015년~2016년 인천생활개선회 서구연합회 회장

2013년부터 병무청 블로그 기자

2014년~2016년 인천 서구청 블로그 기자

2015년 농촌진흥청 블로그 기자

2015년~2016년 인천 시청 블로그 기자

2014년부터 라이브 소셜 방송 온통(ON通)인천 VJ

2015년~2016년 인천시 교육청 학부모 기자

2016년 문화체육관광부 정책브리핑 정책기자단

수상

2009. 6. 3. 인천서부교육청 '정다운 이웃 따뜻한 가족 실천 사례' 동상

2010. 2. 10. 인천서부교육청 '교통안전 지킴이 대회' 우수상

2010. 12. 8. 인천시장 표창 봉사 부문

2012. 5. 12. 가톨릭대학교 평생교육원장 공로상

2013. 3. 6. 인천시장 표창 봉사 부문

2013. 12. 18. 안전행정부장관상 '생활공감'

2014 방위사업청 제1기 어머니 모니터링단 장려상

2015. 12. 18. 병무청장 표창

이메일: hoihoisky1@hanmail.net

블로그: http://blog.daum.net/hoihoisky1

페이스북: https://www.facebook.com/hoihoisky1

PART 1

김용옥 어머니 기자

멋진 해군이 된
아들

아들을 군에 보내야 하는 부모들은 때가 가까워 올수록 오로지
모든 관심이 군대에 있다. 하지만 군대를 보내고 나서야 보낼 때만
슬픔과 아픔이 함께한다는 것을 알게 된다. 아들은 해군 헌병으로
어청도라는 섬에 배치되고 그 먼 길에서 한 번 휴가를 오게 되면 열
흘씩 있다 가는 이등병이었다. 말이 어청도이지 도대체가 그 섬이
어디란 말인가!

아들은 "고속버스 타고 군산으로, 군산에서 시내버스 타고 여객
터미널로, 그곳에서 2시간 30분을 가서야 어청도"라고 말한다. 한
창 인터넷으로 찾아보았던 그때 아들은 휴가를 나왔다. 그렇다 보
니 한 번 휴가를 나오면 열흘이 넘는 것이다. 게다가 포상 휴가까
지. "정말 잊을 만하면 휴가를 나오니", "너 또 왔냐?"라는 말이 자
연스러웠다.

말이 군대 간 것이지 군대 간 사실조차도 잊게 되었던 것 같다.
아들이 첫 휴가 왔을 때만 밥상이 달라졌던 기억이 난다. '군대 갔

으니 먹고 싶은 것이 얼마나 많았을까?' 하는 마음에 이것저것 챙겨 주었건만 아들은 "엄마! 요즘 군대 밥 잘 나와. 고기도 일주일에 세 번은 나오는데. 고기보다 피자나 사 줘요."

이 얼마나 쉬운 일인가! 정말 아들이 군대 가고 휴가 와서도 신경 쓸 일이 없었다. 워낙 성실하게 군 생활을 하고 있다는 소식은 부대 의 원사님에게 전화로 들었고, 혹시 궁금할 때는 전화하라면서 개 인 휴대전화 번호까지 주었으니 걱정을 할 필요가 없었던 것이다.

그렇게 아들을 군에 보내 놓고 아들을 둔 엄마는 너무도 큰 혜택 을 받았다. 아니 특권이 아닌가 싶다. 그동안은 눈에 보이지도 않던 '병무청 블로그 어머니 기자 모집'이라는 그 작은 글귀조차도 한눈 에 알아보았으니 말이다. 아들을 군에 보낸 엄마의 특권으로 작가 가 꿈이었던 여고 시절의 소원이 이루어지는 것 같은 느낌은 한 방 에 합격임을 알아차리게 해 주었다. 사실 블로그 기자라는 어려운 숙제임에도 뒤도 보지 않고 시작된 나의 블로그 기자 활동! 내 인 생에서 병무청은 터닝 포인트가 되어 지금의 젊은 인생을 살아가는 데 큰 역할을 하고 있다.

여하튼 인생의 이모작이 시작되는 즈음에서 병무청과 끈을 맺게 된 것은 세상 밖으로 나가는 길목이었다. 그 또한 아들을 군에 보낸 엄마의 모습이다. 정부 3.0 정책과 맞물려 최대의 수혜를 맞은 셈 이다.

그곳에서 맺은 인연들은 아들을 사이에 두고 나라 사랑하는 마 음으로 똘똘 뭉쳐 병무청 홍보 대사가 되었고, 광복 70년을 맞은

2015년에는 광복 70년 서포터즈 활동을 하면서 독도 입도, 광복절 중앙경축식에 참석, 2015 해군 관함식까지 내 생애 최대의 행운을 얻었다. 살짝 아들 군 입대 시절 에피소드가 떠오른다.

4년 전 눈발 휘날리는 2월에 아들이 해군에 입대했다. 다섯 식구인 우리 가족은 꼭두새벽부터 먼 길을 향했던 기억이 난다. 남쪽에는 눈이라고는 볼 수 없을 것 같았는데 눈발 날리는 그 추운 날 하나밖에 없는 아들이 군 입대를 한 것이다. 군에 아들을 보내는 대한민국 부모의 마음은 다 같을 것이다. 하지만 우리는 순순히 군에 가겠다는 아들에게 너무 고마워 아파할 틈도 없었다.

그때만 해도 우리 동네는 시골이었다. 지금도 도시 농촌으로 자리매김을 하여 도로 하나를 사이에 두고 농사를 짓는 농촌과 아파트 지역 주민들이 하나가 되어 살고 있는 아름다운 지역이다. 아들이 초등학교 다닐 때만 해도 아파트가 막 들어서는 시기라 그 약았던 아이들보다 늦되는가 싶게 착하고 순진했다.

부모님이 농사를 짓는다 해도 창피한 줄 모르고 논에서 논갈이하고 모내기하는 아빠를 우리 아빠라고 친구들에게 자랑하는 착하디착한 아들에겐 사춘기가 오지 않았다.

그러나 고등학교 3학년 2학기 때 찾아온 사춘기! 물류고등학교에 들어간 아들은 한 반에 30명 중 남학생이 7~8명밖에 되지 않자 여학생들에게 공부는 물론이고 모든 것이 뒤처질 수밖에 없었던 것 같다. 한창 멋부리고 싶은 사춘기를 겪었던 아들은 누군가에게 관심을 받고 싶었을까! 젊은 혈기와 함께 정의의 사도가 되어 같은 반

친구들이 여자 친구들에게 당한다 싶으면 앞장서다 보니 졸업을 한 달 앞두고 사춘기의 절정을 찍었다. 그때 날아온 징병검사! 또 하나의 걱정이 추가된 것이다.

아들이 초등학교 6학년 때 아이들이 사춘기가 와서 힘들다고 주변 엄마들이 걱정할 때 우리 아들은 사춘기는커녕 착하다고 자랑질했던 그때가 원수 같았다. 아이들이 성장하는 과정에서는 때에 맞게 할 짓은 다하며 자라야 된다는 생각이 들었다.

아들이 군대 가지 않겠다고 속 썩일까 봐 노심초사하며 하루도 편한 날이 없었던 것 같다. 시간이 지나자 사춘기도 가라앉았는지 어느 날 종이 한 장 들고 들어오면서 "엄마 나 1급이래. 해군 지원했어!"라고 하는 것이었다. "와~ 우리 아들!" 속은 시커멓게 타들어 갔지만 내색하지 못했고 진짜인지도 물어보지 못했다.

당시 인천징병검사장에서 신체검사를 받은 것이다. 지금은 인천 병무지청으로 승격하여 입영 대상자들이 한결 편해진 것으로 안다. 그날부터 발 뻗고 잔 것 같다. 아니 또 다른 걱정거리를 안고 살았다고 해야 할 것이다. 해군 갑판병을 신청했으니 말이다.

천안함피격사건과 연평도포격도발사건의 두려움이 채 가시기도 전에 다음 해 2월에 아들은 해군에 입대한다는 것이었다. 이 얼마나 황당한 일인가!

어쨌든 다섯 식구들은 비좁은 차량에서 누구도 한마디 말도 못하고 진해까지 갔던 기억이 난다. 그날 안 사실인데 해군 훈련소가 꽃

피는 봄날에 군항제를 여는 그곳이란다. 하얀 눈이 쏟아지는 그곳에 바닷가 주변으로 양쪽 도로에는 벚나무들이 장관을 이루고 있었다. 그 큰 울타리 안으로 아들을 데리고 들어가는 순간에도 대한민국의 위대함이 아들을 군에 보내는 엄마의 마음을 안정시켰던 기억이 난다.

지금 생각해 보니 입영 문화제까지는 아니지만 입영 장정들과 부모님들을 위해 군악대와 의장대 시범과 성악가들의 노래, 부모님들의 편지 읽기까지 다양한 행사를 열어 주었고, 아들을 군에 보내는 가족들은 축제 분위기에서 그 누구도 눈물을 흘리지 않았던 역사 이래 없는 해군 가족이 되었다. 그때 아들의 모습을 잊을 수가 없다. 축제가 끝나고 입영 장정들을 한자리에 모으는데 뒤도 안 보고 당당히 내려가던 아들. 유난히도 뒷모습이 멋지던 아들이 마지막이다 싶은지 뒤를 한 번 보고는 살짝 눈물을 훔치던 그 모습.
남편과 나는 그때 알았다. 큰소리치고 당당하던 아들도 애였다는 것을. 그날은 그렇게 아들을 두고 집으로 돌아왔는데도 추억을 만들어 준 축제 때문인지 아들이 없다는 느낌을 받지 못했다. 일주일이 채 안 되던 어느 날 진해에서 택배가 왔다는 전화를 받고서야 버스 안에서 얼마나 눈물이 나던지 수습이 안 됐던 그날 또한 지금은 추억이 되었다.

5주 훈련이 끝이 나고 아들이 신청했던 갑판병에서 헌병으로 차출되어 어청도라는 섬에서 군 생활을 하게 되었다. 첫 휴가를 오면서 입고 온 해군 헌병 복장이 어색하다며 쑥스러워하던 그날도 잊지 못할 것이다. 하지만 나름 왜 힘들지 않았겠나. 멀고 먼 섬에 배치되었다고 면회 오지 말라던 아들이 그곳 생활에 정착을 하게 되니 부모님의 면회도 허락했다. 아들이 입대한 지 10개월이 지나서야 아들을 찾아 면회를 가게 된 것이다.

아들 면회 간다고 돼지 잡고, 떡 하고, 아들이 좋아하는 요리를 해 가려는 마음에 며칠 전부터 분주했건만 아들의 연락이 왔다.

"엄마 그냥 몸만 오시면 돼요. 여기 오면 다 있으니 아무것도 해 오지 마세요. 그냥 다음날 아침 한 끼만 해 먹게 쌀하고 김치만 가지고 오세요." 남편과 가족회의를 해도 답은 나오지 않았다. 그냥 오라니 어쩌란 말인가!

하긴 멀고 먼 섬까지 가려면 배만 타고도 2시간 30분이 걸린다는데……. 집에서 군산까지 가고 군산에서 배 타고 어청도에 도착하려면 저녁때나 돼서야 부대에 도착할 테니 가서 사 먹읍시다. 남편의 의견을 받아들여 막내딸과 새벽부터 배 시간에 맞춰 출발하였다. 먹고 싶은 것은 빵이란다. 군산의 빵집을 찾아 헤매다 배를 놓칠 뻔도 했던 기억도 난다.

배를 타고 두 시간 넘게 바다를 가로질러 도착한 어청도는 작은 섬 이었다. 초등학교 교장 선생님과 아들 부대의 대장님이 동네 최고 어른이었으니 얼마나 작은 섬이란 말인가!

한때는 낚시꾼들로 들썩이던 동네였지만 낚시꾼들이 떠나고 조용하고 닫힌 동네가 되었단다. 그나마 우리나라에서 세 번째로 오래된 등대 덕분에 갈 곳이 있었다. 어청도는 작은 섬 주변을 돌면서 산책하기 좋은 정말 그림 같은 동네였다. 하지만 모든 것을 구하려면 예약을 해야 했다. 심지어 슈퍼마켓도 예약제였다. 당황스럽던 그때가 우리 가족의 추억이 되어 먼 훗날까지 기억될 것이다.

아들 상사였던 원사님이 우리의 상황을 파악하시고 동네 어부의 도움을 받아 광어를 구해 주셨다. 정말 태어나서 그렇게 크고 싱싱한 광어는 처음이었다. 자연산 홍합도 최고였다. 먹기도 아까운 광어를 회와 찌개로 포식했던 기억이다.

이튿날은 원사님이 직접 우리나라에서 세 번째로 오래되어 100년을 1년 앞둔 등대 견학도 시켜 주셨고, 섬에 유일하게 유지되는 자장면 집에서 점심도 대접받았다.

기막혔다. 아들은 부대 배치 받고 자대 배치에 익숙할 무렵 회식이 있었던 모양이다. 그 회식 자리에서 동네는 보지 않고 식당만 보았던 것이다. 덕분에 어리숙한 부모가 되어 생애 처음이자 마지막인 아들 면회를 추억 속으로 만들었다. 그렇게 1박 2일을 부대에서 보내고 돌아오면서도 믿기지 않았던 아들의 군대 생활이 눈앞에 아른거렸다.

정말 얼마나 순진하고 착한 아들이었는지 그때 새삼 느끼게 되었다. 물론 사춘기의 모습은 확실히 사라져 당당한 대한민국의 건아가 된 것이다.

상병이 되고 어느 날인가 연락이 왔다. "엄마 지난번 먹은 홍합 보내 드릴까요?" 일요일에 홍합을 잡으러 갔던 모양이다. 살짝 자

해군인 아들 면회 간 날, 어청도에서

유로움이 찾아오자 그 지역에서 최고의 먹을거리도 눈에 들어오고 먹을 때마다 가족 생각이 났던지 여름내 농사짓느라 고생한 아빠를 위해 주먹만 한 자연산 홍합을 보내 준 것이다. 아이스박스에 홍합을 넣어 꼭꼭 포장해서 보냈던 홍합! 지금도 구경조차 못 할 어청도만의 보물이다.

그 귀한 것을 남편은 가족들이 보기도 전에 아들 자랑하느라 온 동네 남자들을 불러 그 자리에서 그 큰 홍합을 해치웠던 기억도 있다. 남자들의 군대 이야기는 평생 찍은 영화 같다던데 우리 아들 역시 대한민국의 당당한 청춘으로 보낸 그 어청도라는 곳이 군 시절의 절정일 것이다.

동네 분들은 지금도 말한다. 그때 먹은 홍합은 죽을 때까지도 못 먹어 볼 것이라고 말이다. 그렇게 아들을 군에 보내고 군대에 관심이 많았던 즈음 병무청에서 아들을 군에 보낸 어머니 기자를 뽑는다는 소식에 동참하여 지금까지도 그 자리를 지키고 있다.

병역이 자랑스러운 대한민국 화이팅!

엄마들의
징병검사 체험

2013년 병무청(박창명 청장)에서는 병역이 자랑스러운 세상 만들기 캠페인의 일환으로 "아들아! 엄마도 군대 갈래!"를 주제로 징병검사를 진행했다. 아들이 군 입대할 예정이거나 아들이 군 복무 중에 있는 어머니들을 대상으로 어머니 징병검사 체험단을 신청 받아 직접 징병검사를 실시했다.

역시 아들을 둔 어머니들은 군에 관심이 많은가 보다. 아니 당연히 알 권리도 있다고 본다. 2013년 11월 22일, 4대 1의 경쟁률을 뚫고 20명의 엄마들은 한데 뭉쳤다. 물론 그곳에 나도 신청을 하였고 당당히 징병검사 체험을 하게 된 것이다.

입영 대상자들의 엄마들은 이렇게 탄생한 "아들아, 엄마도 군대 갈래!"라는 프로그램을 통해 직접 징병검사를 받아 보며 내 아들이 가는 군대는 어떤 절차를 통해서 가는지 알아보는 시간을 가지게 된 것이다.

대한민국 남자들은 19세가 되면 징병검사 통지서가 나온다. 물론 그해의 인원에 따라 20세에 나오는 경우도 있다. 하지만 징병검사라는 것이 어떤 절차로 진행되는 것인지 궁금하면서도 부모님들이 직접 경험해 보거나 함께하지는 못한다. 그 궁금증을 해소하고 대한민국의 자랑스러운 청춘들의 당당함을 볼 수 있는 기회를 엄마들에게 준 것이다.

'병역이 자랑스러운 대한민국'의 발 빠른 엄마들이 징병검사 체험을 신청했으니 경쟁률이 얼마나 높았을 것인가. 4대 1의 경쟁률을 뚫고 모인 20명의 엄마들은 서울지방병무청 징병검사장에 모였다. 이미 징병검사장 안에는 신체검사를 받으려는 대한민국의 청춘들이 순서를 기다리고 있었다. 군 입대를 앞둔 아들, 군 복무 중인 아들을 둔 엄마들이 직접 체험을 해 보는 징병검사엔 과연 어떤 결과가 나왔을까?

징병검사는 대상자의 신분등록, 심리검사, 신체검사, 적성 분류, 병역 처분 총 4단계를 거쳐 진행된다. 이에 어머니들은 청춘들과 똑같은 절차로 문진표 작성, 병역 처분 기준 등 교육을 받은 후 본인을 확인하기 위해 사진을 찍고 신분증 대신 얼굴이 인식되는 나라사랑 카드를 발급받았다. 발급받은 나라 사랑 카드로 검사하는 곳마다 자동 인식기에 본인 확인이 끝나면 검사가 시작되는 것이며 당연히 즉석에서 찍은 사진으로 인식하기 때문에 부정이라는 것은 있을 수 없는 것이다.

이어서 신체검사가 시작되어 소변검사, 혈액검사, 혈압 재기, 방사선 촬영, 키와 몸무게를 측정하고 시력검사까지 실시한다. 우리는 신체검사를 징병검사장 1층부터 3층까지 다니며 받았다. 긴장되는 순간순간이었다. 특히 혈액검사를 위해 혈관에 찌르는 주삿바늘은 언제나 무서운 것이어서 애간장을 녹인다. 신체검사 중 엄마들은 체중에 신경 쓰느라 잠시 다음 순간을 잊기도 하는 해프닝도 있었다.

모든 검사를 마지막으로 징병관의 처분을 기다리는데 정말 신기하게도 1급 판정이 욕심이 나면서 1급으로 판정 받아 바로 입대하고 싶은 열정이 솟구쳤다.

하지만 욕심이 과했나 보다. 나는 4급 사회복무요원으로 판정받았다. 판정을 받아들일 수 없다며 재검사를 요구했지만 받아들여지지 않았고 입력된 기준이 남자 기준이므로 여자 기준에서는 분명 1급 수준이라는 위로만 받았다. 그만큼 징병검사는 공정성 있게 진행되고 있었다.

이날 엄마들은 징병검사 체험으로 "아들아! 엄마도 군대 갈래"라는 프로그램은 끝이 났다. 대한의 아들과 함께한 징병검사 체험은 엄마들에게 큰 도움이 되었다. 그동안 믿음이 부족했던 여러 부분이 해소되는 순간이었으니 말이다.

이날 징병검사를 직접 체험하고 나서야 '아들이 혼자 징병검사장까지 가면서 어떤 마음이었을까! 그날만큼이라도 관심을 가져줄 것을'이라는 생각이 들어 만감이 교차했다. 하지만 다행히 해군을 지원하여 헌병으로 차출되는 우수한 체력을 가진 아들이었으니 얼마나 자랑스러웠는지 모른다.

병역의무자 어머니들은 직접 눈으로 보고 경험한 징병검사의 투명함과 공정성을 인정하였다. 최근 군대 사각지대의 사건 사고가 연일 방송되고 있지만 지난해 8월에 일어난 목함지뢰 사건 때만 보더라도 우리나라 청춘들의 애국심은 대단했다. 분명 그러한 결과에는 부모들의 역할이 있었다고 볼 수 있다. 평생에 없을 징병검사 체험을 통해 어릴 적 꿈이었던 여군이 실현되는 순간이었다. 지금은 입영 적체 현상으로 징병검사 체험이 무색하겠지만 말이다.

아들을 군에 보낸 어머니들의 체험

2015년 10월 19일부터 징병 신체검사 규칙이 일부 개정됨에 따라 신장과 체중 판정 기준과 질병 평가 기준이 신체 등위 2급, 4급 판정자를 4급, 5급 판정 대상자로 완화되었다. 또한 아토피성 피부염의 판정 기준 등 80여 개의 질환에 대한 판정 기준도 바꾸었다고 한다.

　　아들 덕분에 징병검사도 받아 보는 기회를 가졌으니 여고 시절의 그 많은 꿈이 차곡차곡 이루어지고 있다고 본다. 기회가 된다면 〈진짜 사나이〉에 출연하여 군대 경험을 해 보는 것이 또 하나의 꿈이 되었다.

JSA(공동경비구역)에 다녀오다!

JSAJoint Security Area, 공동경비구역이란 비무장지대에 있는 특수 지역이다. 비무장지대는 일반적으로 국제 조약이나 협약, 협정에 의하여 무장이 금지된 지역을 말한다. 최근에는 DMZ라고 칭한다.

영화로 인해 유명해져 대한민국의 국민들이 관심을 가지는 그곳을 관람할 수 있는 기회가 나에게도 주어졌다. 텔레비전에 나오는 판문점에 간다는 소리에 한창 추수를 하고 있는 와중에도 놓칠 수가 없었다.

2014년 10월 국방부 정보 공개 모니터 활동으로 공동경비구역을 견학하게 된 것이다. 텔레비전에서만 보았던 그곳에 갈 수 있는 기회가 일반인에게 쉽게 주어지지 않을 것 같다는 생각에 선뜻 나섰다. 시골에서 한창 바쁜 10월에 하루를 움직인다는 것은 예삿일이 아니지만 대한민국 국민으로서 좋은 기회를 놓치기 싫었다.

전국에서 모인 국방부 정보 공개 모니터링단 30여 명은 차량에

탑승하여 공동경비구역으로 출발했다. 나뿐만이 아니고 다들 믿기지 않는지 정말 북한을 볼 수 있는 것이냐는 질문이 쇄도했다. 담당 과장님은 우리가 지켜야 할 최소한의 부분에 대해 말했고, 차량은 자유로를 지나 파주장단콩 마을에 도착할 것이라고 말씀하셨다. 그곳에서 점심식사를 하고 짧은 워크숍도 진행되었다. 그 후 차량은 공동경비구역으로 향했다. 한창 가을걷이가 시작되어 농민들의 손길도 바삐 움직이는 모습을 볼 수 있었다.

통일의 관문을 지나자 황금물결의 들판이 손님맞이에 바삐 움직이고 논바닥에 서 있는 콤바인까지도 정겨운 풍경이었다. 게다가 멋진 대한의 아들이 동승하여 공동경비구역의 이야기와 대성동 마을의 전래 동화 같은 이야기에 넋을 놓았던 기억이 난다.

공동경비구역JSA이 설치된 이후 초창기에는 북한 측과 우리 측의 군사정전위원회 관계자들은 구역 내에서 자유롭게 왕래할 수 있었다고 한다.

하지만 1976년 8월 18일 북한군의 판문점도끼만행사건 이후부터 양측 간 충돌 방지를 위해 군사분계선MDL을 표시하여 경비병을 포함한 모든 군인들은 군사분계선을 넘어 상대측 지역에 들어가지 못하게 하였으며, 북한군을 만나거나 말을 거는 것이 금지되었다고 한다.

판문점도끼만행사건은 우리 측의 3초소에서 4초소 사이에 있는 미루나무 가지를 전지하는 과정에서 일어나 미루나무를 제거했으며 현재는 당시 전사한 두 명의 미군 장군을 추모하기 위한 비석만이

서 있었다.

  우리는 설명을 들으며 비무장지대에 들어갔다. 그곳에 서 있는
북 측의 병사는 건너편의 하얀 건물에서 우리 쪽을 내려다보고 있
지만 움직이지 않는 석고상 같았다. 안쓰러웠지만 북 측을 의식하
여 최대한 정숙하게 견학을 하였다. 견학하면서 유일하게 사진을
찍을 수 있는 회의 장소도 들어가 보았고 정면을 중심으로 왼쪽이
남측, 오른쪽이 북측으로 지정되어 있었다. 대한의 아들이 견학하
는 사람들을 위해서 멋지게 몸과 마음을 장전하고 서 있었다. 대한
의 아들을 둔 엄마들은 뿌듯한 마음으로 공동경비구역에서 군 복무
를 하는 청춘들이 자랑스러워 자격 조건도 물어보고 자유롭게 사진
촬영도 하였다.

공동경비구역을 찾은 국방부 모니터들과 함께

JSA 경비대대 병사 선발 기준은 논산육군훈련소와 306 보충대에서 선발되며, 개인을 포함한 8촌까지의 신원 조회 후 이상이 없는 사람을 대상으로 학력과 가족 관계 그리고 신체 조건을 본다. 학력은 대학 재학 중이나 졸업한 자, 가족 관계는 부모님이 이혼하지 않고 두 분 다 살아 계셔야 하며 신체 조건은 신장 176㎝ 이상이며 시력은 1.0 이상을 소지한 대상자를 차출한다고 한다. 이렇게 우수한 조건을 가진 대상자로 간단한 체력 테스트와 면접을 실시하지만 마지막으로 본인이 JSA에 근무할 희망 여부가 가장 중요하므로 결국에는 자원입대라고 한다.

　특별한 혜택은 없으며 육군 장병과 같은 근무 조건과 휴가를 가게 되며, 다만 최전방의 위험수당 10,200원이 추가된다고 한다. JSA에서의 경제적 혜택은 가지고 있지 않지만 우리나라에서 최고로 중요한 곳에서 훌륭한 사람들과 근무를 한다는 것에 자긍심을 가진다고 정○○ 헌병은 말했다.

　그곳을 둘러보고 사진도 찍고 그 순간을 머릿속에 기억하며 돌아오지 않는 다리도 견학하였다. 그곳은 차량 안에서만 볼 수 있는 짧은 거리의 다리였지만 엄청난 거리의 다리로 느껴졌다. 버스 안에서 그 다리를 사진 찍는 내내 씁쓸한 마음을 감출 수 없었다. 가까이 보이는 짧은 다리를 두고 양쪽이 대치한다는 사실에 빨리 통일이 되기를 기다리는 마음이 더욱 간절하였다.

　또한 비무장지대에는 수렵과 채집 그리고 벌목이 금지되었으며 사람의 발길이 없어 천연기념물인 학과 고라니, 백로 등이 서식한다고 한다. 대성동 마을에는 대형 태극기가 펄럭이고 있는데 멀리서도 보이는 대한민국의 태극기가 자랑스럽게 대성동 마을을 지키고 있었다.

대성동 마을에는 209명이 살고 있으며 유엔군 사령관 관할구역에 주거하므로 주민세를 내지 않는다고 한다. 그리고 병역의무도 면제받으며 주민 개인들이 3만 평의 논농사와 천 평의 밭농사를 짓는데 소유권은 없고 경작권만 있다고 했다. 특히 외부인들이 마을에 들어와 살 수 있는 방법은 없으며 다만 여자들이 시집을 오는 경우에만 가능하단다. 그러나 팔 개월을 거주해야 주민권을 유지할 수 있고 초·중·고등학생과 대학생들은 예외라고 한다.

그 대성동 마을에 연숙이라는 고향 친구의 시댁이 있어 그 친구가 들어가고 나올 때 이야기는 들었지만 직접 태극기를 보며 설명을 들으니 그 친구의 시댁이 특별하게 느껴졌다.

공동경비구역에는 전시실이 있다. 1950년대부터 오늘날까지의 지나온 흔적들이 마음을 아프게 했고, 6·25 전쟁 당시 참전국 16개국과 의료 지원국 5개국이 함께 그 시절을 기억하게 했다. 참전국 앞에서 협정이 있던 그날을 기억해 보았다. 수만 가지의 노력과 그분들의 땀으로 일구어진 지금의 우리들이 살고 있는 대한민국은 자랑스러운 나의 조국이다. 지금도 그곳이 생생하다.

대한민국을 바라보며 서 있던 북측 병사의 모습! 이 추운 겨울에는 어떤 모습일까!

북측 병사가 내려다보는 우리 쪽에 하루에도 수많은 사람들이 그곳을 다녀갈 텐데…….

그때마다 달려 내려오고 싶은 마음이 얼마나 간절할까!

독도에 핀
꽃 한 송이

아들을 군에 보낸 어머니들만이 경험할 수 있는 병무청 블로그 기자 활동이 내 인생의 터닝 포인트가 된 것은 확실했다. 광복 70년 서포터즈 활동을 하게 된 것 역시 병무청 활동으로 정보를 알게 되었으니 이 얼마나 큰 영광인가! 덕분에 2015년 광복 70년을 맞은 우리나라 역사와 특별한 한 해를 보냈다.

2015년 7월 7일 안중근의사기념관에서 광복드림팀 발대식을 마치고, 광화문 광장에서 카드섹션 퍼포먼스까지 성공적으로 끝낸 후 광복 70년 서포터즈들은 활동을 시작하였다.

각자의 자리에서 광복 70년의 주제를 홍보하고 그 자리에 함께하는 오프라인에도 참석했다. 평생 이루지 못할 꿈이 이루어졌다. 독도 방문! 일반인들은 독도 선착장만 오를 수 있고 독도 주변을 돌아보고 오는 관광이었지만 그 또한 날씨의 덕을 보아야만 성공할 수 있다는 독도를 방문한다는 것이다. 정말 집안이고 자식이고 아무것도 생각하지 않았다. 죽기 전에는 절대 없을 독도 방문이라니. 무조건 접수하여 소원 성취를 한 것이다.

그 잊지 못할 2015년 8월 10일! 2박 3일의 여정으로 독도 길에
올랐다. 대한민국 국민들의 염원을 담아 해양경비안전교육원에서
주최한 해양영토순례에 참여한 것이다. 10일 아침 '훈련함 바다로'
에 승선했다. 해양영토순례의 목적지는 우리나라 동쪽 제일 끝에
위치한 독도. 독도 입도까지는 278마일이며 자동차 속도 35㎞ 속
력으로 달려 22시간이 걸린다는 그 항해를 시작했다. '훈련함 바다
로'는 우리나라에서 두 번째로 큰 배로 일반인이 탑승하기는 이번이
처음이라고 한다. 이 얼마나 큰 행운을 가져야 이 자리를 함께할 수
있을까!

광복 70년을 맞이하여 해양경비안전교육원에서는 해양영토순례
를 주최하고, 국민안전처 모범 공무원과 함께 '광복 70년 서포터즈'
를 초청하여 해양영토순례와 경비함정 체험을 하는 과정으로 준비
했다. 3천 톤의 '훈련함 바다로'에는 1일 150명분의 의식주가 준비
되어 있었으며 평소에는 해양경찰들의 훈련과 해상 경비가 이루어
진다고 한다.
우리나라에서 두 번째로 큰 '훈련함 바다로'는 함상 행사(독도 특강,
안전 교육), 광복 70년 퍼포먼스, 독도 입도를 기원하며 여수를 출항
하여 독도를 향했다.

해양경비안전교육원장(원장 이주성)은 인사말을 통해 "나라를 사

랑하는 마음으로 광복절 의미를 되새기며 안전 수칙을 지켜 준다면 무사히 독도에 입도할 것"이라면서 "최근 여러 주변 국가들도 해양 영토를 둘러싼 갈등이 심화되고 있어 우리나라도 해양 경비 안전 역량 강화가 시급하다."라고 말했다. 또한 "일본이 자기 땅이라고 주장하고 있는 독도에서 광복의 의미를 되새기고 해양경찰의 독도 수호 의지를 다지기 위해 마련한 해양영토순례에 일반인이 함께하기는 처음이고 특히 아들을 군에 보낸 열정적인 어머니들과 함께하니 기억에 남을 행사가 될 것"이라던 인사말이 기억에 남는다.

2박 3일 동안 '훈련함 바다로'에서는 안전 교육과 독도 특강이 이루어졌다. 막연히 '독도는 우리 땅'이라고만 알았으며, 보도를 통하여 일본이 자기네 땅이라고 떠들 때마다 애국심을 불태우며 마음만으로 열을 올렸는데 동북아역사재단 이원택 연구위원의 교육을 듣고서야 막연히 알았던 독도가 역사적, 지리적, 국제법적으로 대한민국의 고유한 영토라는 사실을 똑똑히 확인하였다. 오후에는 실제로 안전 교육과 경비 안전 체험이 이루어졌다.

11일 날 이른 아침 선상에서는 '홀로 아리랑'이 울려 퍼지고 있었다.

"저 멀리 동해 바다 외로운 섬 / 오늘도 거센 바람 불어오겠지 / 조그만 얼굴로 바람 맞으니 / 독도야 간밤에 잘 잤느냐 / 아리랑 아리랑 홀로 아리랑 / 아리랑 고개를 넘어가 보자 / 가다가 힘들면 쉬어가더라도 / 손잡고 가 보자 같이 가 보자"

　벅찬 가슴은 망망대해에서도 두려움보다는 편안함으로 독도로
빨려 들어가게 해 주었다. 독도 입도를 앞두고 모든 사람들이 같은
마음으로 황홀해하고 있을 즈음 대형 태극기가 선상에 펼쳐졌다.
광복 70년을 기념하는 70명이 70이라는 숫자로 대한민국의 아픔과
감격을 표현하며 나라 사랑에 한몫했다. 하늘도 땅도 애국하는 우
리의 마음을 알았던 것 같다. 파란 하늘과 코발트빛 바다까지도 잔
잔함으로 해양영토순례단을 맞이하고 있었으니 말이다. 드디어 하
루를 함께한 해양영토순례단은 목적지인 독도에 속속 입도한 것이
다. '훈련함 바다로'는 독도에 정박할 수 없어 12인용 RIB 보트에
옮겨 타고 독도에 입도했다. 이 얼마나 거룩하고 길이 남을 일인가!
역사의 한 페이지에 우리가 서 있는 것이다.

독도 정상의 한국령을 기억합니다

독도는 1999년 천연기념물로 제336호 독도 천연보호지역으로 지정되어 2005년부터 일반인들도 입도가 가능하도록 동도를 공개, 제한구역에서 해제하고 입도 허가제를 신고제로 전환하였다. 일반인들은 선착장에서 독도 체험이 이루어지지만 이번 해양영토순례단은 독도경비대 격려 방문으로 독도 정상까지 올랐다.

광복 70년 드림팀도 독도 입도 성공을 축하하는 기념으로 사진을 찍으며 그 자리를 추억 속에 꼭꼭 담았다. 독도에 입도한 순례단은 제한된 시간이 아쉬운 듯 독도 구석구석을 머릿속에 담고 있었다. 해양영토순례단은 정상의 독도 경비대로 향했다. 독도 입도의 가벼운 발걸음과 "용왕님의 도움이 있어야 독도에 입도할 수 있다."는 이주성 원장님의 말씀을 들은 해양영토순례단의 발걸음은 당당했다. 우리는 대한민국 영토인 독도를 지키겠다는 마음으로 발걸음을 옮겼다. 그렇게 짧은 시간을 독도에서 보내고 내려오는 순례단의 마음은 무거웠다. 그곳에 남겨둔 독도 경비대원도, 망망대해에 남겨질 독도를 생각하니 아쉬움에, 부끄러움에. 다만 애국심을 남겨 두고 독도를 빠져나왔다.

망망대해 바다 위의 독도는 서도와 동도로 나뉘는데 서도에는 1965년부터 김성주 씨가 거주하는 집 한 채가 있었다. 동도는 해발고도 98.6m, 면적 73,297㎡의 돌섬으로 독도 경비대와 정확하게 쓰인 '한국령韓國領'이 대한민국의 땅임을 알리고 있다. 이곳에 야생화로 피어 있는 꽃 한 송이! 제비쑥의 아름다움도 경이로웠다.

독도의 작은 꽃 한 송이가 발걸음을 멈추게 한다. 광복 70년을 맞이하여 해양영토순례 길에 오른 '훈련함 바다로'의 손님을 맞이할 생각에 밤새 한숨도 못 잤을 것 같았다. 독도는 쥐명아주, 번행초, 개패랭이꽃, 대나물, 가는기린초, 붉은가시딸기, 구절초 등 다양한 식물 서식지란다. 독도의 경비대원들과 함께 식물들은 1년 내내 야생화로 피어나며 그들에게 힘을 주고 있을 것이다. 그렇게 독도의 정상과 대한민국의 위대함을 함께 보았다.

독도는 천연자원과 천연기념물 등 경제적 가치와, 학술적 가치, 군사 안보적 가치, 정치사회적 가치로 한민족의 공동체 의식을 통합시키는 우리나라 땅이 확실했다. 우리 해양영토순례단은 2박 3일의 여정을 마무리하고 수료증까지 받았다. 그 후에도 해양경비안전교육원에서는 각자의 사진을 앨범으로 만들어 보내 주는 마음까지 사랑으로 챙겼다.

해양경비안전교육원에서 독도 방문 기념사진을 앨범으로 보내줬다

지금도 경인 아라뱃길에 떠 있는 해양경비대를 보면서 해양경비 안전교육원을 떠올려 본다. 분명 그날의 독도 입도는 우리나라 역사의 한 페이지 속으로 후손들에게 전해질 것이다.

"광복 70년 위대한 여정 새로운 도약을 위하여 파이팅!"

청춘예찬
어머니 기자 방송 탔어요

    아들을 군에 보낸 어머니들만의 특권으로 병무청 블로그 청춘예찬 어머니 기자단이 뭉쳤다. 아들을 사랑하고 대한민국을 사랑하는 대표 어머니들은 불철주야 병무청 사랑으로 앞장선다. "병무청에서는 인재 확보가 장래의 이익을 약속한다."라는 말을 아는 듯하다. 다양한 정보를 통해 청춘예찬 어머니 기자들만의 재능을 알아본 것이다.

    2014년 국방홍보원의 국방 TV 〈선택 길라잡이 軍〉의 '청춘예찬 어머니가 간다'라는 프로그램으로 국군 장병과 연계되어 있는 모든 것들을 만날 수 있는 기회를 만들어 준 것이다. 살림만 하는 여자들도 간이 부었나 보다. 무서움이나 두려움이 없어지는 것인지 아니면 이미 그들만의 몸속에는 연기자로서의 끼가 숨어 있던 것인지 어머니 기자들은 쉼 없이 돌아가는 테이프 속에서도 멀쩡하게 잘도 떠들어 댄다.

매주 월요일과 목요일에 녹화방송을 하면 매주 월요일에 본 방송이 나갔다. 나의 자신감도 어찌나 뻔뻔한지 녹화만 들어가면 머릿속이 까매진다. 첫날 스튜디오에 앉아 보니 아무 말도 떠오르지 않아 웃기만 하다가 녹화가 끝난 적이 있다. 그래도 칭찬으로 일관성 있게 도와주신 피디님에게 감사드린다. 지금 생각하니 국방TV에서는 비상이었을 것이다.

나는 병무청 블로그 기자를 하면서 방위사업청에 어머니 장병급식 모니터링단도 함께 하게 되었다. 아들을 군에 보내고 군에 관심을 가지면서 나에게 주어진 일들이 지금은 생활이 된 것이다.

방위사업청에서는 국군 장병들의 먹거리 안정성에 대하여 국민들의 관심이 높다는 것을 눈치채고 군 복무 중인 장병의 어머니들이 아들에 대한 걱정이 많다는 데 착안을 하여 어머니 손길로 식품 제조 공정에서부터 배식에 이르기까지 직접 확인할 수 있는 정책을 내놓은 것이다. 어머니 장병급식 모니터링단은 위생 점검에도 동참하여 먹거리 안정성에 대하여 믿을 수 있도록 기획하였다는 강영현 방위사업청 급식유류계약팀장님의 말대로 어머니들이 직접 급식 업체를 방문하고 꼼꼼한 모니터링도 한 것이다.

이와 함께 청춘예찬 어머니들이 〈선택 길라잡이 軍〉의 '청춘예찬 어머니가 간다'를 찍으면서 급식 업체와 군부대를 찾아다니며 군대의 궁금증을 풀어 주었다.

특급 전사 편

윗몸일으키기 2분에 82개, 팔굽혀펴기는 2분에 72개, 3km를 12분 30초 안에 완주해야 하며, 사격 20발 중 18발 이상을 명중해야 한다.

지필 시험에서는 대적관, 안보관, 역사관, 국가관 등 100점 만점에 80점 이상을 받아야만 특급 전사가 될 수 있다. 육군 9사단 오돌 포병대대에서 특급 전사들을 만나 방송을 찍으며 특급 전사가 되기 위한 대한의 아들이 노력하는 과정을 체험해 보는 시간도 가졌다.

방송이 나가고서야 우리 아들도 훈련소에서부터 군대에서까지 특급 전사였다는 사실을 알았으니 우리 부모들이 군대 상식을 너무 모른다는 생각에 더없이 안타까웠다.

아들이 특급 전사로 휴가 나올 때는 "그냥 뭘 잘해서 나왔나 보다."라고는 그냥 넘겨 보냈던 것이 직접 체험하고 방송을 녹화하면서 아들이 특급 전사였다는 사실을 새롭게 인지한 것이다. 아들에게 엄청 미안한 마음이 들었다. 대한민국의 자랑스러운 아들을 둔 엄마였건만 덕분에 9사단 특급 전사들에게 특급 전사가 되려면 어떤 노력을 해야 하는지 노하우와 특급 전사들만의 혜택까지 조목조목 알아가며 방송했던 기억도 난다.

지필시험 공부는 평소 개인 정비 시간을 활용하고 텔레비전 보는 시간까지도 체력 단련을 위해 운동하여 9사단에서는 이병을 달고 4개월 만에 특급 전사가 된 병사도 있었다. 게다가 9사단에서는 포상 휴가 외에도 가슴에 달게 되는 배지가 수여되었다. 군 입대 후에도 자신들을 위해서라면 무엇이든 할 수 있는 시간이 있다는 사실도 알았다.

군대리아 편

군대리아! 세상을 떠들썩하게 했던 군인들만의 간식이라고 생각한다. 일반인들이 잊고 있던 군대의 간식이 TV프로그램 〈진짜 사나이〉에서 알려지게 되면서 궁금해하는 국민들이 많아졌다. 실제로 시중의 햄버거는 군대리아와 다르게 화려하고 예쁜 포장으로 우리를 유혹이지만 군대리아는 그냥 군대의 간식이었으니까!

그 군대리아가 세상에 알려지면서 만들어지는 첫 관문인 빵을 만드는 곳에도 어머니 장병급식 모니터링단이 직접 다녀왔다. 군대리아의 빵이 철저한 위생과 영양소가 더해져서 그 거대한 시스템으로 만들어지는 것을 보고 엄마들은 아들의 건강을 안심할 수 있었다. 물론 〈선택 길라잡이 軍〉 '청춘예찬 어머니가 간다'에서 군대리아를 만드는 모든 과정을 촬영하고 직접 만들어 시식도 했다.

그냥 간단하게 빵과 양배추, 옥수수, 마요네즈, 딸기잼, 바비큐 소스, 패티뿐이었는데도 달콤하고 상큼한 맛이 진실하게 온몸으로 전달되었다. 소소한 것 같은 빵까지도 국군 장병들을 위해 최고의 공정과 위생적으로 만들어지고 있었다. 이 밖에도 건빵 플레이크와 뽀글이까지 군대 간식은 청춘들의 사랑을 받고 있다.

인천병무지청의
탄생

2015년 7월 1일은 인천광역시와 경기도 서북 지역의 병무 행정을 관할하는 인천병무지청이 탄생하는 역사적인 날이었다. 지금까지 인천광역시 지역 병무 행정은 수원에 소재하고 있는 인천경기지방병무청에서 수행해 왔다. 그러나 유사시 신속한 병력 동원 소집으로 서해 5도 및 NLL 등 최전방의 위기 대응 체계를 확립하고, 징병검사 등 원거리 민원 해결의 불편을 해소하기 위해 수도권의 관문이자 전략적 요충지인 인천광역시에 인천병무지청을 개청한 것이다. 그 자리에 청춘예찬 어머니 기자인 필자와 조우옥 어머니 기자도 함께했다.

1968년 경기도 병무청사가 수원으로 이전하면서 인천 병역의무대상자들은 수원으로 먼 거리를 갈 수밖에 없었다. 다행히 대중교통의 불편함을 인지하여 1994년 12월에 인천경기지방병무청 소속하위 기관인 징병검사장이 인천 학익동에 개소되었다. 이렇게 탄생한 징병검사장이 개소 21년 만에 인천병무지청으로 승격한 것이다. 이에 병역의무 대상자들의 관할 지역은 인천을 비롯해 부천, 안산, 김포, 시흥, 광명시이며, 87만여 명의 병역의무 대상자들이 인천병무지청을 이용하게 된 것이다.

역사적인 이날 병무청장(청장 박창명), 인천시장(시장 유정복), 인천지청장(청장 남재우), 서울지방청장(청장 이상진)과 인천남구청장(청장 박우섭) 등 초대 손님들이 인천병무지청 현판식에 참여하였고, 인천병무지청의 기념식인 테이프 커팅식과 기념식수도 함께하였다. 병무청장(청장 박창명)은 인천병무지청장 남재우 청장에게 인천병무지청을 알리는 '청기'를 전달하였고, 인천병무지청은 120여 명의 직원과 300만 명(2015년) 인천 시민들의 환영을 받으며 탄생했다.

인천병무지청 개청식을 축하합니다

군 장병들에게 감사 편지 전달하기
(국방부와 콜라보레이션)

매년 실시하는 감사 편지지만 인천지청에서는 처음으로 실시하는 행사였기에 잔뜩 긴장할 수밖에 없었다. 하지만 그러한 긴장이 무색하게 인천지청에 날아든 군에 보내는 감사 편지는 만 3천 통이나 되었다. 이는 그만큼 병무청에 대한 인천 시민들의 관심도가 높다는 것이며 또한 국군 장병들에게 고마움을 가진 이들이 많다는 것을 증명한 것이다. 남재우 인천병무지청장은 인천 지역의 수장으로서 군과도 협력하여 지역사회의 안보에 앞장서고 있다. 지난해 10월 5일에는 9공수특전여단에서 마련한 부대 창설 41주년 기념식에 참석하여 장병들을 격려하고 장병들에게 감사 편지를 전달하는 기회도 만들었다. 병무청과 국방부의 화합을 볼 수 있었으며 인천 병무지청의 행보에도 기대가 크다.

9공수특전여단에 방문하여 감사 편지를 전달하고 있다

이날 남재우 인천병무지청장과 청춘예찬 어머니 기자들은 9공수 특전여단을 둘러보며, 대한민국의 안보를 책임지는 장병들의 모습에서 번뜩이는 빛을 보았다.

병무청과 국방부의 정책은 다르지만 국가 안보에서는 평행선을 유지한다는 사실을 상기시키는 하루였다. 인천 지역의 청춘예찬 어머니 기자들은 인천병무지청이 생기면서 친정이 생긴 것처럼 환호했고 지금은 편안하게 들락거린다. 이에 남재우 청장님을 비롯하여 직원들은 우리들을 반갑게 맞이하신다.

또 하나는 자칭 청춘예찬 홍보 대사 4인방은 인천을 사랑하는 마음도 한결같다. 2014 인천아시안게임(2014년 9월 19일~2014년 10월 4일)에서도 병무청을 대표해서 자원봉사를 했던 기억이 떠오른다. 대한민국을 위해 봉사 활동 하는 순간에도 병무청을 홍보하던 기억, 선수들의 경기를 병무청에 알리던 기억, 인천의 역사적인 순간에 빠질 수 없었던 국군 장병들의 활약까지도 청춘예찬에 글을 올렸다. 자칭 청춘예찬 홍보 대사 4인방은 대한민국 선수들이 메달을 목에 걸 때마다 그 자리에서 자원봉사의 역할을 하며 메달 순위 2위에 오르는 데 굵직한 역할을 했다고 자부한다.

햇살 좋던 그때의 날씨마저도 홍보 대사 4인방의 추억 속에 차곡차곡 넣어 두었다.

'인천의 꿈, 대한민국의 미래! 병역이 자랑스러운 대한민국!'

병무 행정
체험하기

자원병역 이행자 체험 수기 공모 당선자를 만나다

병무청에서는 2015년 3월 19일부터 5월 31일까지 자원병역 이행자 체험 수기 공모를 실시하였다. 대상자는 영주권과 시민권자로 자원 입영하여 군에 복무 중이거나 전역한 사람 또는 징병검사를 받을 당시 있었던 질병을 치료했거나 학력을 높여서 입영하여 병사로 복무 중인 사람 및 전역한 사람들이다.

2015년 10월에는 자원병역 이행 병사 군 생활 수기집인 『대한사람 대한으로』가 일곱 번째 발간되었다. 발간 기념으로 기획된 인터뷰를 위해 당선자 중 최우수상을 받은 영주권 병사 이우현 군과 동생 이도현 군을 만났다. 우현 군은 '이륙과 착륙 사이에 서다'라는 체험 수기로 최우수상을 수상했다.

우현 군은 15년 동안 외국 문화에 익숙해져 군 입대 결정이 쉽지 않았다. 우현 군은 이러한 내용을 바탕으로 논산훈련소에서부터 17

사단에 전입한 후까지 익숙지 않은 조직 생활, 엄격한 규율을 이겨 내고 주특기까지 소화하게 된 내용으로 공모하여 당선된 것이다.

연년생인 두 형제는 영주권자 등 입영희망원제도에 의해 논산 육군훈련소에 입소하여 훈련을 받았다. 훈련받는 도중에도 혼자가 아닌 둘이기에 힘든 훈련에도 위로가 되었고, 같은 영주권 병사들과도 친분을 쌓아 힘들지 않게 훈련을 받았다고 한다. 특히 형 우현 군은 17사단에 자대 배치를 받았고 군 생활 중에도 에피소드가 많아 만나는 내내 웃음이 끊이질 않았던 기억이 난다.

군 생활하는 중에도 공부 연등 시간을 이용해 독서를 하다 보니 부대에서 실시하는 독서 행사에는 단연 1등을 하는 독보적인 1인이었다. 동기들의 기억나는 에피소드 중 공부 연등 시간에 내복만 입고 독서하다가 상사한테 혼난 적도 있단다. 사상 최초로 공공장소에서 내복만 입었으니 그 또한 문화적인 차이가 아니겠는가!

우현 군이 일곱 살 때 가족은 중국으로 이민을 갔다. 외국 생활로 인하여 군 입대를 하지 않아도 되지만 남자라면 군대에 다녀와야 세상 살아가는 데 도움이 된다면서 조력자 역할을 하신 아버지 덕분에 쉽게 입대를 결정을 했다고 한다. 와중에도 주특기인 4.2인치 박격포에도 자신이 있다고 자랑이다. 그날 '아들을 군에 보내 놓고 면회도 못 와 보는 부모님의 마음이나 두 형제의 마음이 어떨까?'하여 두근거리는 마음으로 하루를 보냈던 기억도 난다.

우현 군의 동기, 상사, 후임들은 말한다. 멀리 타국에서 오지 않아도 되는 군 입대를 한 우현 군이 고맙고 자랑스럽다고 말이다. 나

또한 우현 군 덕분에『대한사람 대한으로』수기집의 한 페이지를 장식했고 국방일보의 한 페이지에 사진이 올라가는 영광을 얻었다. 그 또한 나의 병역 체험인 것이다.

이우현 군 인터뷰 기사가『대한사람 대한으로』에 한 페이지를 장식했다

이 땅을 물려받아 살아갈 후손들을 위해 나라와 국토를 지켜야 한다는 영주권 병사의 글과 우울증과 스트레스를 이겨내고 입대했다는 글, 1cm의 키를 키우기 위해 키 크기 프로젝트에 성공하여 군 입대했다는 병사의 글도 뇌리에 남는다.

자원병역 이행 모범 병사 문화 탐방

매년 병무청은 국외에서 영주권을 취득하여 굳이 군 복무를 하지 않아도 되는 경우인데도 자진 귀국해 군 입영한 사람과(영주권 병사), 질병 등의 사유로 보충역 처분을 받은 사람이 적극적으로 질병을 치료한 후 현역병으로 입영한 모범 병사를 초청해 애국심과 자긍심을 제고하기 위한 문화 탐방과 산업 시설 견학 행사를 실시하고 있다.

2015년 자원병역 이행 모범 병사 문화 탐방은 10월 5일부터 7일까지 실시하였는데 영주권 병사 58명, 질병 치유 병사 42명이며, 육군 90명, 해군 2명, 해병 4명, 공군 4명으로 100명이 함께했다.

첫날은 현충원 참배, 공주 한옥마을에서 다도와 다식 만들기 체험과 둘째 날은 천안 독립기념관과 축하 콘서트로 가족과 함께하는 자리도 마련되었다. 그곳에 함께하면서 느낀 것은 영주권 병사들이 사뭇 다른 방법으로 조국에서의 경험들을 차곡차곡 기억 속에 넣어두었을 것이다.

전통 다식 만들 때의 섬세함과 다도 체험에서는 다소곳함으로 찻

모범 병사들이 다식 만들기 체험을 준비하는 중이다

잔을 움직일 때도 그들은 군인이었다. 무령왕릉과 천안 독립기념관 견학에서도 그들은 역사 속으로 파고들었다.

가족과 함께하는 축하콘서트에서는 자신들의 끼를 한없이 발휘하는 대한의 청춘들이었다.

5만여 명의 현역병 입영 대상자들이 적체되어 있는 지금, 그들의 행보가 궁금하다. 하지만 앞으로도 자원병역 이행자들의 나라 사랑하는 마음만큼은 퇴색되지 않기를 바란다.

'병무 Talk Talk Day' (병무홍보데이)

'병무 Talk Talk Day'는 新 병역 문화 창조를 위해 각 지방병무청에서는 동시에 셋째 주 수요일을 지정하여 병무 행정을 홍보하는 '병무 홍보의 날'을 운영하고 있다.

2013년 병무청 블로그 기자를 하면서 기사 쓰는 일도 쉽지 않았다. 병무청에 관련된 기사를 발굴하여 써야 하므로. 블로그 기자를 시작하면서 나는 부담감으로 많은 어려움을 겪었다. 그렇게 1년을 배우는 시간을 보내고서야 현충원 참배나 병무청 행사가 없을 때는 지방병무청의 도움을 받았다. 다행히 2014년에는 병무청 정책으로 '병무 Talk Talk Day'가 시작되어 서울지방병무청과 인천경기지방병무청을 찾아다니며 함께했었다.

병무홍보데이는 병역 예정자와 가족 등 병역에 관심을 가진 국민들을 대상으로 병역 관련 정보를 사전에 숙지하고 체험할 수 있는 기회를 가지게 하고 선 취업 후 진학에 걸맞은 병역 대체 병무 제도와 함께 청춘들에게 홍보하였다. 또한 청춘들이 병역에 관심을 가질 수 있는 기회를 홍보하고자 특성화고등학교와 대학교에 매월 셋째 주 수요일에 찾아간다.

인천경기지방병무청 직원들과 한국산업기술대학교에서 병무를 홍보하는 중이다

그 병무홍보데이에 첫 번째로 서울지방병무청에서 강서공업고등학교를 찾아가 학생들에게 부사관 홍보와 병무 행정과 모집병, 산업기능요원 등 홍보와 병무 상담도 함께했다. 그 후에도 광훈전자공업고등학교, 한국산업기술대학교, 인천일자리한마당을 찾아다니며 함께 홍보하였다. 덕분에 기삿거리도 많이 생겼고, 공무원과 일반인과의 미묘한 관계에 중간 역할도 한 것이다.

정말 발로 뛰다 보니 나는 지방병무청에서 행사가 있을 때 초대

하는 1순위기도 했다. 분위기는 맞추지만 내숭 떨지 못하고 초대 1
순위지만 아부 떨지 못하는 순수한 청춘예찬 어머니 기자였기에 그
열정을 인정받았을 것이다. 올해도 병무청의 병무 행정 경험으로
마지막을 장식하려고 한다.

<진짜 사나이> TV편

- 류자

TV프로가 다 그렇지
반은 뻥이겠지

절반은 과장이겠지
무릎 까진 영철이
내일은 개그하며 웃을 텐데

일주일 내무반 군기도
눈물 나게 아픈데
이십 개월 병영을 살면
땀내도 계급이 다를 테니
안 아픈 곳 없겠다

고생이 극에 달하면
실제로도 저럴까
반만 믿고 싶어
그리 말하면서
시청자도 눈물이 난다

〈진짜 사나이〉 TV편

예능은 실감나고

훈련은 재미나

남들은 눈으로 보겠지만

자꾸 눈이 감겨 가슴으로 본다

약력

1962년 서울에서 태어났다

1984년 스피커 음향 디자인 설계 개발, F/A 시스템 설계 엔지니어로 활동

2000년 육아 및 주부 전념 시작

2003년 마을 만들기 활동으로 마을신문 고리울신문 13년 차 제작

현재는 미디어 교육 강사, 블로그 기자, 웹진 기자,

인천시청자미디어센터 미디어 제작단으로 활동

수상

2004. 4. 서울시장 표창 봉사 활동 부문

2011. 12. 경기도지사 표창 봉사 활동 부문

2012. 12. 부천시장상 표창 봉사 활동 부문

2013. 8. 경기도지사 표창 우수 블로그 기자 활동 부문

2013. 9. 환경부장관 표창 우수 블로그 기자 활동 부문

2013. 10. (사)열린사회시민연합 표창 사회공로 부문

2014, 2015 경기도 우수 블로그 기자 10인 선정(표창)

2015. 2. 2014년도 경기도 블로그 기자 최다 활동가 선정

2015. 12. 부천시 최우수 블로그 기자 표창

이메일: zzarasay@naver.com

블로그: http://zzarasay.blog.me

페이스북: http://facebook.com/zzarasay

트위터: http://twitter.com/zzarasay

PART 2

김혜옥 어머니 기자

군부대 안에서
아들과 함께 꿀잠을

군 복무 중인 아들에게서 전화가 왔다.

"우리 부대에서 부대 개방 행사를 하는데 엄마도 참여하시겠어요? 그리고 가족과 함께 생활관에서 잠을 잘 수 있어요"

"오잉?! 그것은 무슨 뜻이니? 너와 함께 군대 안에서 잠을 잔다는 것이니?"

"네. 이번에 대대장님이 가족들과 동숙 체험을 할 사람은 신청하라고 하셨어요."

뜻밖의 소식으로 잠시 혼동이 왔다. 남자 군인들만 생활하는 생활관에서 나도 잠을 잘 수 있단 말인가? 정말 설레는 체험을 예상했지만 막상 군부대를 방문했을 때는 크게 당황했다. 다른 가족들은 모두 외부에서 자는데 생활관에서 잠을 자는 가족은 우리 가족뿐이었다.

11사단에서 가족과 함께 1박 2일 동숙 체험

아들에게 어떻게 된 일인지 물어 보니, 대대장님께서 신청하라고 하셔서 신청했는데 모두 외부에서 숙박을 한다고 했고 우리 아들만 그대로 생활관 체험을 고수했다는 이야기였다. 정말 당황했지만 아들은 태연하게 이렇게 말했다. 대대장님이 신청하고 싶은 사람은 신청하라고 했으니 엄마는 저랑 편하게 하룻밤 주무시고 가시면 된다는 것이었다.

정말 기가 막혀서 좌불안석이었다. 하지만 내심 내 평생에 군부대에서 아들과 함께 잠을 자는 영광의 기회가 쉽게 다시 오지 않을 것이기에 설레었다.

아들과 하룻밤을 보내기 위해서 온 가족이 일정을 정리해서 홍천 11사단으로 한걸음에 날아왔다. 말은 안 해도 남편이나 작은아들 모두 설렌 듯했다. 이왕에 자는 것이니 서로 셀카도 찍으며 아들 침상에 누웠다.

생활관 동숙 체험

아들과 함께 생활하던 생활관 동기들에게는 미안하지만 TV에서만 보던 군부대 생활관 얼룩무늬 침상에 누우니 홍천의 밤하늘이 눈앞에 펼쳐졌다. 별과 달까지 모두 환상이었다.

이 침상에 누워서 가족 생각, 연인 생각, 친구 생각을 했었을 아들의 동기들이 생각났다. 나와 똑같이 침상에 누워 고된 훈련 뒤에 잠자리에서 보는 까만 밤하늘의 별과 달이 어떤 위안이 되었을까? 이 생각 저 생각 하다 보니 생활관 문이 열리면서 중대장님이 불편한 것은 없는지 살피러 들어오셨다. 그리고 잠시 후에 대대장님까지 오셔서 불편한 것이 있으면 말씀하시라며 이리저리 감사를 표현했다. 오히려 아들과 군부대 생활관에서 잠을 잘 수 있으니 우리 가족이 감사하다고 인사하며 아들을 힐끗 보니 대대장님 앞에서 군기가 바짝 들어서 정자세로 앉아 있는 것이 보인다. 속으로 그 모습이 조금 웃기기도 했지만 군 복무 중인 상병에게는 대대장님이 하늘이리라! 지금 이 자리를 빌려서 그때 기꺼이 생활관을 내어 준 동기들에게 감사함을 전한다.

군부대 생활관의 밤은 매우 달콤했다. 복도는 밤새 불빛을 밝혔고 생활관 앞에 있는 사무실은 24시간 근무를 했다. 중대장님도 밤을 새는 듯했다. 사무실에는 여군도 근무하고 있었고 삼삼오오 무리를 지어서 기타를 치는 군인, 이야기를 하며 각자 휴식을 취하는 듯 자유로워 보인다.

12시가 되니 아들이 경계 근무를 하기 위해 초소로 나간다기에 작은 아이와 복장을 갖추고 초소로 따라 나갔다. 칠흑 같은 홍천의 밤은 한 치 앞도 보이지 않았다. 아들은 그곳에서 경계 근무를 섰다. 초소에 올라간 아들은 정자세로 약 2시간 정도를 한쪽 방향만 보고 있었다. 옆에서 말을 걸 수도 없었기에 우리는 안내에 따라서 생활관으로 다시 들어왔다. 잠을 자다가 밤 12시에 복장을 갖추고 나가서 경계 근무를 서면 어떤 기분일까? 무척이나 힘들 것 같았다. 그래도 조를 짜서 경계 근무는 계속 이어진다고 했다.

이렇게 홍천의 11사단에서 아들과 함께하는 동숙 체험은 까만 밤을 보내고 막 잠이 들었을 때였다. 생활관 복도에서 들려오는 군인들의 두런두런 소리에 잠을 깼다. 어스름한 새벽인데 기상나팔이 울리고 아들은 벌떡 일어나서 옷을 챙겨 입더니 운동장으로 뛰어나갔다.

잠시 후 연병장에서는 온 천지를 뒤흔드는 젊은 청춘들의 포효가 진동을 했다. 우렁찬 구호에 맞추어서 구보를 했다. 그 소리가 어찌나 우렁차던지 정말 가슴이 두근두근했다.

구보를 마친 청춘들은 세면을 하고 식당으로 향했다. 우리 가족도 주섬주섬 짐을 챙기고 침상 정리를 마친 후에 식당으로 향했다. 식당에서 줄을 서서 식판에 밥과 반찬을 받았다. 식탁에 앉아서 먹는 식판 위의 밥은 꿀맛이었다.

군부대에서 아들과 함께한 동숙 체험은 지금도 강렬한 추억으로 나를 설레게 한다.

군부대 개방 행사

부대 개방 행사를 위해서 군부대 관계자들은 정말 많은 준비를 했다. 부대를 찾은 장병 가족들은 부대에서 준비한 환영 행사로 장비 소개와 기계화 부대의 자랑인 탱크를 아들들의 조정으로 탑승 체험도 했다.

'고맙습니다. 중대장님, 감사합니다. 부모님'이란 프로그램으로 간담회와 중대별 기념사진, 현무 장병들의 장기 자랑을 함께 보며 즐거운 시간을 가졌다.

병영 식당 체험으로는 부대 식당에서 아들과 가족들이 함께 체험해 보기도 했는데 반합에 끓인 라면은 꿀맛이었다.

군부대 생활관에 있는 오락실과 노래방 그리고 이발소까지 둘러보며 "군 복무를 하는 시설이 이런 곳이었구나."라는 감탄사를 할 때쯤 남편이 한마디 한다. 예전에 비하면 여기는 호텔이라고. 현관 로비를 지나는데 아들이 엄마를 부른다.

"엄마 여기에 제가 있어요. 찾아보세요."

부대원 단체 사진 속 아들의 모습은 깨알만 해서 찾을 수는 없었지만 이 사진에 담겨 있는 청춘들의 모습은 다 멋있었다.

"대한민국을 지키는 멋진 청춘들이 있어서 우리가 매일 밤 편히 잠들 수 있었구나."

이렇게 멋진 체험을 하게 해준 홍천군 11사단 사단장님! 그리고 아들 부대의 대대장님!
모두에게 감사드린다.

논산훈련소
입소

논산훈련소 입소로 21개월의 군대 이야기는 시작되고 육군 훈련
병들의 건강미 넘치는 열기는 논산 거리를 가득 메웠다.

얼마 전 육군에 입대하는 아들의 육군훈련소 입영으로 설레는 논
산 여행을 하고 돌아왔다. 그리고 금세 5주가 지나고 벌써 수료식이
라고 연락이 온 것이다. 육군훈련소 수료식 참석은 어떻게 하는지
훈련병 동기 부모님들이 사전에 조언을 해 주셨기에 입영식 때보다
는 편리한 대중교통을 이용해서 다녀왔다. 육군훈련소에서 입영하
는 날은 초행길이라서 온 가족이 자가용을 이용했지만 수료식은 서
울 강남터미널에서 승차권을 예매하여 연무대까지 가뿐하게 도착했
다. 그리고 그곳에서 육군훈련소까지 택시로 기본요금만 내고 이동
했다.

수료식장에 들어서니 건강한 장병들이 오와 열을 맞추어서 늠름

하게 연병장에 도열한 모습이 한눈에 들어왔다. 연대장의 우수 성적 수료생들에 대한 표창장이 전달되고 축사와 부모님께 대한 감사의 인사가 이어졌는데 자랑스런 표창을 받은 훈련병도 있었지만 건강한 모습의 아들 모습만으로도 무척 반가웠다. 수료식 행사장 배치도 한 장으로 아들의 위치를 연신 확인하느라 수료식장은 무척 분주했다.

"아, 저기 있는 아들이 ○○이 아닌가?", "아이고 참으로 듬직하다.", "우째 저렇게 멋질 수 있을까?"

수료식장에선 훈련병 부모님들의 탄성이 연이어 메아리친다. 건

논산훈련소에서 아들의 경례

강하고 믿음직한 대한의 육군으로 변신한 아들의 모습은 바라보는 것만으로도 감격이었다.

이등병 계급장을 널찍한 가슴팍에 아버지가 달아 주자 아들은 "충성"이란 구호와 함께 남편에게 경례를 했다. 아들이 외친 구호보다는 5주의 훈련소 생활을 수료한 건강하고 늠름한 아들과 마주한 감동으로 남편은 벌써 눈가가 촉촉하다.

"고맙다. 건강하고 늠름해서 정말 고맙구나."

이 모습을 옆에서 지켜보며 마음속으로 고맙다는 말만 되뇌었다. 대한민국이 고맙고 대한민국 육군이 고마웠다. 그리고 육군훈련소가 고맙고, 건강한 아들이 고맙고 모두 다 고마운 날이었다.

5주 동안 육군훈련소에서의 훈련 과정을 모두 마치고 곧 자대 배치를 맞이하는 아들과 함께 육군훈련소 연대장님께도 감사의 인사를 전하며 기념사진도 남겼다. 사진을 정리하다 보니 군기가 바짝 든 아들의 모습이 귀엽다.

잠시 외출로 훈련소 밖 식당으로 이동했는데 5주 동안의 단체 급식으로 구워 먹는 고기가 가장 먹고 싶었는지 삼겹살 3인분과 한우 등심 2인분을 눈 깜짝할 사이에 먹어 치웠다. 육군훈련소에서의 생활과 에피소드를 간간히 이야기해 주는데 오랫동안 못 봤던 아들이 반가워서 아들이 하는 말은 귓가에 메아리칠 뿐 잘 안 들렸고 그

논산훈련소에서 수료식 후 기념 촬영

저 방실방실 웃는 얼굴만 아른거렸다. 식사를 마친 후 아들은 감동
의 선물을 보여 주었다. 군번 표찰이었는데 무척 자랑스러워하는
아들에게 군대 선배인 아버지가 오래 전 군 복무 시절을 다소 들뜬
목소리로 이야기하기 시작했다. 두 눈을 반짝이며 대화에 열중하
는 두 부자의 모습을 옆에서 지켜보며 주변을 둘러보니 식당 옆자
리와 앞자리, 뒷자리에 있던 가족의 모습과 대화 내용이 모두 비슷
비슷했다.

식당을 나서니 초록색 군복의 물결이 고깃집, 커피 전문점, 상점
등등 논산 거리를 가득 메우고 있었다. 일 년 내내, 매주 육군훈련
소의 입영과 수료식으로 논산은 초록 군복의 축제 중이라고 한다.
논산에서 식당, 커피 전문점, 상가, 택시 기사들은 일 년 내내 육군

훈련소의 입영과 수료식 진행에 맞추어진 친절한 봉사로 논산을 찾는 훈련병들의 가족과 친구들을 안내해 준다.

　육군훈련소의 수료식 후 외출은 오전 10시 반에 시작되어 귀대 예정 시간보다 조금 여유 있게 오후 4시까지 진행되었지만 외출을 마치고 되돌아 온 육군훈련소의 잔디밭 휴게 공간은 마치 피크닉 나온 가족들처럼 모두가 행복해 보였다. 내일이면 자대 배치로 모두들 떠나겠지만 수료식으로 논산훈련소를 찾은 가족들과 수료생들의 모습은 모두 행복해 보였다.

화랑복지회관

화랑복지회관에서는 숙박이 단돈 만 원, 된장찌개가 2,500원!

입대를 한 아들을 면회하기 위해서 강원도 홍천군을 수차례 방문하였다. 가족들은 방문할 때마다 주변의 펜션을 예약하고 맛있는 밥과 요리를 해 먹이면서 행복한 시간을 보냈다. 그런데 얼마 전에 아들에게서 전화 한 통이 왔다.

"이번에 면회 오실 때는 펜션 말고 군 복지 회관에서 함께 주무실 래요?"
"그곳은 어떤 곳이니?"

이렇게 군인 아들의 안내로 군 복지 회관에 대해서 관심을 갖게 되었다. 아들이 알려 준 전화번호를 통해 문의하니 숙박이 단돈 만 원이라고 했다. 온 가족이 군 복지 회관에서 함께 숙박을 하는데 단돈 만 원이라니 신기했다. 군부대를 방문하고 1박 2일 동안 군인 아들을 면회하면서 군 복지 회관을 어떻게 이용할 수 있는지 알아 봤다.

화랑복지회관에 가다

새벽 4시에 출발해서 아들이 복무 중인 홍천 11사단에 이른 아침 에 도착했다. 그러나 이미 아침밥을 먹었다는 군인 아들을 앞장세 우고 그토록 궁금하던 인근에 있는 화랑복지회관에 도착했다. 화랑 복지회관은 짧게 줄여서 화랑회관으로 부르고 있었는데 로비에 들 어서니 사복을 입고 있는 근무자가 맞이해 주었다.

"저분은 누구신가?"
"군인입니다."

화랑회관에서 근무 중인 근무자들은 군 복무 중인 군인이지만 복 장은 군복이 아닌 근무복을 입고 근무하고 있어서 신기했다.
화랑회관 식당을 먼저 들어간 후 기대하던 2,500원짜리 된장찌개와 아들이 먹고 싶다는 3,500원짜리 갈비탕을 주문했는데 주문한 된장찌개, 갈비탕이 차례로 나오자 사진으로 담아낸 후 서둘러 먹으려고 하는데 군인 아들이 한마디 한다.

"엄마, 고기는 속에 있어요." 하면서 숟가락으로 갈비를 푸짐하게 퍼서 빨리 찍으라고 포즈를 취한다. 기특한 군인 아들은 화랑복지회관 홍보 대사인 것 같았다. 새벽부터 달려 온 가족들은 구수한 된장찌개와 수북하게 담긴 공깃밥으로 기분 좋은 식사를 마쳤다.

주변을 둘러보니 메뉴판에는 삼겹살 생고기가 200g에 7,000원, 라면이 1,500원, 공깃밥이 700원, 소주 1,500원 등등으로 정말 착한 가격이 가득하다. 식당도 넓고, 군대하고는 별개로 떨어져 있어서 분위기도 자유롭다.

화랑복지회관의 착한 식사

가족은 식사를 마친 후 2층에 있는 숙박 시설을 돌아봤다. 2층은 회식을 할 수 있는 회식실과 다양한 룸이 있어서 면회를 온 가족이 자유롭게 이용할 수 있었다.

군인 아들을 면회 온 가족들이 예약 후 숙박할 수 있는 숙소는 일반 콘도처럼 화장실, 샤워실이 딸린 방에 TV, 수건, 세면 용품, 휴지, 냉장고 등 다양한 서비스를 갖추고 있으며 복도에는 냉온수기가 있어서 컵라면, 커피, 차 등을 간식으로 먹을 수 있었다. 다만 취사는 착한 가격의 식당을 이용하면 거뜬할 듯하다.

뜨끈한 방 구조는 4인 기준으로 오붓하게 잠을 잘 수 있을 크기인데 이런 시설이 단돈 만 원이라니 대한민국 최고의 군 복지시설이었다. 화랑복지회관을 돌아본 후 인근에 있는 또 다른 복지회관인 진격회관으로 발길을 돌렸다.

진격회관에 도착하니 멀리서 화랑 마크가 먼저 보인다. 이곳도 화랑복지회관처럼 1층은 식당과 기타 시설, 2층은 숙소로 2층 창문으로 저 멀리 홍천의 산과 들녘을 볼 수 있었다. 진격회관의 1층 식당은 화랑회관과 동일한 메뉴와 시설이었는데 다만 이곳은 식당에 넓은 방이 있어서 온 가족이 편하게 앉아서 오순도순 이야기를 나누며 식사를 할 수 있었다.

진격회관, 화랑회관 로비의 안내판은 이렇게 게시되어 있었다. 일반인 목욕탕 이용이 10회에 15,000원, 군인은 1개월/30일에 단돈 만 원, 노래방 한 시간에 만 원 등 회관 영업의 투명성을 위하여 현금결제를 받지 않고 모두 카드 결제만 가능하다고 했다. 복지회관의 수익금은 장병들의 복지를 위해서 사용된다고 하니 믿음이 가는 운영 방식이다.

화랑 11사단에 군 복무 중인 아들이 있다면 면회할 때 펜션이나 콘도 등 숙박비 부담을 줄일 수 있는 화랑복지회관, 진격회관 이용을 추천하고 싶다. 대한민국 최저가 숙박비로 하룻밤에 단돈 만 원, 맛있는 된장찌개, 갈비탕 등과 삼겹살까지 착한 가격으로 끼니를 해결할 수 있다. 그뿐만이 아니다. 복지 회관의 수익금은 장병들의 복지를 위해서 사용한다고 하니 군 장병과 가족들에게는 이보다 좋은 일은 없을 듯하다.

화랑회관, 진격회관 두 곳은 면회일 기준으로 2주 전에 예약을 받고 밤 12시까지 24시간 예약제로 받는다고 하니 늦은 시간에도 전화 예약이 가능하다.

이번 면박(면회·외박)에 아들은 알토란 같은 월급으로 엄마에게 홍삼 엑기스를 사서 나왔는데 면세 혜택으로 시중가보다는 저렴하게 구입했다고 한다. 그래도 엄마를 위해서 큰맘 먹고 사온 홍삼 엑기스를 보니 고마웠다.

화랑복지회관
- 예약 전화: 033-434-0731
- 회관 위치: 강원도 홍천군 홍천읍 279-4

진격복지회관 (진격회관)
- 예약 전화: 033-432-3270
- 회관 위치: 강원도 홍천군 화촌면 성산리 419

NODA 김상영 셰프와 함께한
군인 아들을 위한 쿠킹 클래스

병무청과 함께하는 쿠킹 클래스에서 내 아들을 위한 요리를 할 수 있게 되었다. 고기 좋아하는 아들에게 휴가 나오면 해줄 수 있는 '와인 삼겹살 수육'을 메뉴로 신청하고 연희동에 있는 NODA 쿠킹 스튜디오로 장병 어머니 두 분과 달려갔다.

대한민국의 자랑스러운 장병으로 군 복무 중인 아들의 어머니 세 명이 NODA 쿠킹 스튜디오에 모였다. 쿠킹 스튜디오 NODA 김상영 셰프는 꽤나 잘 알려진 분이라고 해서 더 설레었다.

쿠킹 스튜디오에 모인 군인 아들의 엄마들은 먼저 아들 계급을 확인하고 말문을 텄다. 아들들의 군대 계급은 각각 이등병, 일병 그리고 자랑스러운 병장이었는데 나는 병장 엄마였다. 오늘은 아들 덕분에 계급이 제일 높은 엄마가 된 것이다. 하지만 요리는 이병 어머니가 제일 잘하시는 것 같았다.

군인 아들을 위한 쿠킹 클래스

쿠킹 클래스를 시작하기 전에 오늘의 쿠킹 클래스는 〈레이디 경향〉 6월 기획 코너로 소식이 전해진다고 해서 엄마들은 인터뷰도 준비했다. 카페처럼 둥근 원탁에 둘러앉으니 아들에 대해서 하고 싶은 이야기가 이렇게 무궁무진하다.

박정곤 병장 엄마 김혜옥 (54세, 부천 거주)

"군 복무 중인 아들이 유난히 고기 요리를 좋아했지요. 건강을 생각해서 굽는 고기보다는 삶아서 고기 수육으로 만들어 주면 정말 잘 먹었어요. 온 가족이 고기 먹는 날이면 아들의 빈자리가 느껴집니다. 고된 훈련에 잘 있는지 궁금하기도 하구요. 쿠킹 클래스에서 와인 삼겹살 수육 만들기를 배워서 이번 휴가에는 아들과 술 한잔 하렵니다."

와인 삼겹살 수육 – 김혜옥 엄마가 선택한 레시피
통삼겹살 600g
수육 삶을 물: 물 6컵 인스턴트커피 또는 된장 1큰 술, 양파 1/2개, 대파 1/2대, 마늘 8톨, 생강 1톨, 통후추 10알, 건고추 2개, 소금 1/2작은 술
레드와인 소스: 레드 와인 1컵, 물 1컵, 간장 5큰 술, 맛술 2큰 술, 꿀 또는 물엿 2큰 술, 월계수 잎 4장, 통후추 10알

1. 깊은 냄비에 있는 수육 삶은 물에 재료를 모두 넣어 끓인다.

2. 통삼겹살을 길게 반으로 갈라 명주실로 묶어 모양이 흐트러지지 않게 한다. 깊은 냄비에 담아 수육 삶은 물과 함께 넣어 끓인다.

3. 물이 끓어오르면 고기를 넣어 1시간 동안 푹 삶는다. 중간에 떠오르는 거품은 제거하고 중간 고기를 뒤집어 준다.

4. 냄비의 바닥이 보이기 시작하면 레드 와인 소스를 넣어 20분간 조린 뒤 소스가 3~4큰 술 정도 남을 때까지 조린다. 마지막에는 약한 불에서 소스를 끼얹어 가며 색을 내며 조린다.

5. 먹기 좋은 크기로 썰어 그릇에 담고 남은 소스를 끼얹어 낸다. 파채와 양파 장아찌를 곁들여 내어 같이 얹어 먹는 것도 좋다.

○○○일병 엄마

"병무청과 함께하는 자랑스러운 내 아들을 위한 쿠킹 클래스에 두 분의 어머니와 참여할 기회를 얻어서 좋습니다. 오늘 요리하는 마음엔 각별함이 있습니다. 며칠 전 메르스로 군 개방의 날 행사가 취소되어서 아들을 만나지 못한 서운함이 있기 때문입니다. 마침 하게 된 요리는 더덕 샐러드입니다. 피부 독소를 배출하는 더덕이 재료인지라 여드름이 고민이라는 아들에게 딱 입니다. 도자기 피부를 갖고 싶은 것은 군인도 마찬가지일 테니 열심히 배워 봅니다. 아침이면 컴퓨터에 문안 인사부터 드리던 아들이 군대 가선 완전히 다른 생활을 합니다. 온갖 잡일을 하며 땀을 흘린다니 육체노동이 뭔지를 제대로 배우는 셈입니다. 가정이라는 보호막에서 벗어나 군생활하는 아들이 의젓한 남자가 되어 돌아올 거라 믿습니다. 몸이 힘든 만큼 마음은 강해질 수 있기를 빌어 봅니다."

더덕 샐러드 – 옥연희 어머니가 선택한 레시피

더덕 250g, 고구마 1개, 밤 5개

잣 드레싱: 잣가루 2큰 술, 식초 2큰 술, 설탕 1큰 술, 마요네즈 1큰 술, 소금과 후춧가루 약간씩

1. 더덕, 고구마, 밤은 껍질을 벗긴 뒤 채를 썰어 찬물에 살짝 담갔다가 건진다.
2. 잣 드레싱 재료를 한데 섞는다. 또는 믹서에 넣어 곱게 간 뒤 손질한 더덕, 고구마, 밤을 넣어 버무려 그릇에 담는다.

○○○이병 엄마

"아들 얼굴도 보지 못하는 상황에서 아들을 위한 요리를 만든다는 것은 새로운 사랑 만들기였어요. 아들을 생각하며 좋아하는 요리로 엄마 마음을 전한다는 것은 뭐랄까, 눈 감고 수건돌리기를 하는 설렘과 감동이 있는 연애편지를 쓰는 기분입니다."

케첩 소스 닭봉 조림 – 김영희 어머니가 선택한 레시피

닭봉 20개, 후추 약간, 호두 3~4개

조림 양념: 식초 1/2큰 술, 설탕 1과 1/2큰 술, 케첩 2/3컵, 다진 마늘 2큰 술, 양파즙 3큰 술, 꿀 1큰 술, 유자청 또는 매실청 1/2큰 술, 물 1/2컵

1. 호두는 굵게 다진다. 마른 팬에 호두를 넣어 살짝 볶아 사용해도 좋다.

2. 닭봉은 깨끗이 씻어 키친타월에 감싸 물기를 닦아 낸 뒤 잔칼집을 넣어 후추를 뿌려 밑간한다. 불에 조림 양념 재료를 모두 넣어 고루 섞는다.

3. 팬에 닭봉을 고루 올린 뒤 중간 불에서 뒤집어 가며 초벌로 약 3분간 굽는다. 겉면이 하얗게 변하면 양념을 1큰 술을 넣어 고루 섞어 조린다.

4. 계속해서 소스를 1큰 술씩 넣어 가며 약한 불에서 10분간 뚜껑을 덮어 조리다가 물 1/2컵을 두 번 나누어 부은 뒤 닭봉이 익을 때까지 4~5분간 조린다.

5. 완성된 닭봉은 그릇에 담고 다진 호두를 뿌려 낸다.

각자 엄마들은 장병 아들을 그리워하는 마음으로 아들이 좋아하는 요리를 만들었다. 엄마들은 요리를 만들면서도 군 복무 중인 아들 이야기로 꽃을 피운다.

"울 아들은 이런 걸 좋아해요", "울 아들은 이런 말을 했어요.", "울 아들은 입대하기 전에 이런 일을 했어요."

이런저런 이야기를 서로 나누며 각자의 요리를 완성하고 다음 휴가일을 기다린다.

최고의 급식으로
행복한 날

군대 급식이 이렇게 만들어지는구나!
11사단에서 먹은 최고의 급식으로 행복한 날!

2011년 군 모범 식당 전반기 우수 부대 선정
2012년 전반기 우수, 후반기 최우수 부대 선정
2013년 전·후반기 우수 부대 선정
2015년 전반기 최우수 식당 선정

군인 아들은 가족에게 11사단의 밥맛을 늘 자랑했다. 전국 최고의 군부대 식당 밥맛은 정말 맛있을까? 이번에 급식 모니터링단으로 아들이 군 복무 중인 부대를 방문해서 급식 식당을 샅샅이 살펴볼 수 있는 기회가 왔다.

군 장병급식 모니터링단으로 활동하면서 부대를 방문할 때마다 장병들이 먹는 밥이 정말로 맛있는지, 급식 식당은 깨끗한지, 군대 급식소에 대해서 골고루 관심을 갖게 되었는데 마침 이번 방문은 아들이 군 복무 중인 11사단이었다. 예전에 찾아갔었던 다른 군 부대 방문과는 달리 조심스러우면서도 떨렸다. 부대 방문을 앞두고 설렘과 분주함으로 여러 가지 준비를 하며 조금 바쁜 일정이었지만 여러 관계자들의 적극적인 협조와 관심으로 일정이 잘 진행되었다.

11사단이 있는 홍천에 들어서서 어머니 군 장병급식 모니터링단의 첫 번째 팀은 보수대대에서 부대 부식 분배와 대대까지 음식물 이동 경로와 부식 재료의 안전, 선도 등을 검수하며 여러 가지 궁금한 질문을 담당 보급관에게 했다. 급식 재료의 상태는 모두 좋다는 평이었다.

두 번째 팀은 11사단 부대로 와서 급식 식당의 위생 상태를 살펴보며 한여름 더위에 땀 흘리며 장병들의 식사 준비를 하고 있는 취사병과 함께 점심식사와 배식에 참여했다. 오늘의 급식 메뉴를 장병들에게 배식을 하다가 눈을 들어 보니 그리운 아들이 저 멀리서 식당으로 들어오고 있었다. 배식을 하다가 아들을 만나서 포옹하는 순간의 기쁨은 말로 표현을 다할 수가 없었다. 덩치 큰 아들은 두 팔을 벌리며 반기는 엄마에게 쑥스러워하지 않고 꼭 안기며 "엄마 여기는 웬일이세요?"라며 놀라는 눈치였다.

배식을 마치고 아들, 동기들과 마주 앉아서 밥을 먹었는데 밥맛은 꿀맛이었다. 주변에서 아들에게 엄마 밥맛과 군대 밥맛 중 어떤 것이 더 맛있느냐고 물었더니 아들은 군대 밥맛이라고 능청스럽게

11사단에서 먹은 군 급식

대답해서 한참을 웃었다. 그래, 엄마가 해 주는 밥보다는 꼬박꼬박 챙겨 주는 군대 밥이 더 맛있을지도 모르겠다. 하지만 내심으로는 '설마. 그것은 사실이 아닐 거야.' 하면서 나중에 다시 물어봐야겠다고 생각했다(나도 속 좁은 엄마라는 것을 아들이 모르나 보다).

알콩달콩한 점심 식사를 마친 후에 11사단의 부대시설과 생활관을 돌아보기도 하였는데 깔끔하게 정리된 생활관을 돌아보며 깨끗함에 만족스러웠으나 어머니 모니터링단이 방문한다는 소식에 하루 전날까지 청소와 정리 정돈으로 고생했을 장병들의 모습이 눈에 선했다. '얼마나 힘들었을까?' 이런 생각이 들자 오늘 방문이 후회스럽기도 했다. 함께 방문한 어머니 군 장병급식 모니터링단을 흘깃 보니 나와는 달리 모두들 만족스러운 표정이었다.

11사단에서 군인 아들과 꿀맛 같은 식사

특히나 SBS 방송국에서까지 프로그램 촬영을 위해 왔다고 하니
얼마나 열심히 정리와 청소를 했을지 짐작이 된다. SBS 프로그램
을 통해 11사단이 최우수 장병 급식 식당으로 소개된다고 한다. 전
국의 장병 가족들에게는 군부대 급식소에 대한 궁금증과 걱정을 모
두 해소할 수 있는 의미 있는 소개였다고 생각했다. 사실 장병 가족
들은 폐쇄적인 군부대의 특성 때문에 "장병들이 밥은 잘 먹고 있는
지?", "위생 상태는 어떠한지?" 등등 궁금함과 걱정이 많다. 그런
면에서 군부대 시설의 안보와 전략적인 정보는 배제하고 기타 정보
가 사회에 개방되는 것은 좋은 취지라고 생각된다.

식사 후에 장갑차를 조정하는 아들과 나란히 시승 체험을 하기도
했다. 한여름 땡볕에 부릉 붕붕 소리와 덜컹거리는 장갑차 안에서

손잡이 등을 어루만졌다. 나라를 지키기 위해서 대한민국의 국군 장병들의 밤낮 없는 훈련으로 수없는 손길이 닿았던 그곳을 어루만지다 보니 가슴이 벅차올라서 코끝이 찡해 온다.

뜨거운 태양 아래에서는 땀을 비 오듯이 쏟아 내고, 온 세상이 얼어붙는 한겨울에는 손이 시렸을 쇠붙이 옆에 기대고 서니 내 아들과 장병들을 넉넉한 손길로 토닥이고 싶었다.

현재는 최우수 군부대에서 몸짱 전사로, 특급 전사로 멋진 아들이 되었지만 무엇보다도 건강한 아들을 만들어 준 군부대 대대장님을 비롯한 관계자분들의 장병들을 위한 따뜻한 관심과 사랑에 감사드렸다.

그리고 건강한 아들이 최선을 다해서 군 복무를 할 수 있게 해 준 군부대 최우수 급식 식당의 밥심이 한몫했을 것이라는 생각이다. 11사단 군부대 관계자 여러분께 감사드리며 자랑스러운 장병 아들들에게도 사랑을 전하고 싶다.

어머니 군 장병급식 모니터링단
활동을 마치며

모니터링단을 시작하다

군인 아들의 첫 전화에 "밥은 맛있니?"라고 물었던 추억이 있다.
훈련소에서 자대 배치를 받고 며칠 후 아들의 첫 전화가 왔다.

"엄마, 저예요."

"그래. 잘 있지? 건강하구? 군 생활은 어떠니?"

아들을 군대에 보내 놓고는 걱정이 많아 전화기 너머로 들리는
아들 목소리에 속사포처럼 질문을 퍼부었다.

"저는 잘 있어요. 건강하구요. 부대도 정말 좋아요."

"밥은 맛있니?"

앞으로 2년여를 지내야 하는 군부대인데 삼시 세끼 먹는 밥은 맛
있을지 궁금했다. 평소에도 장병들이 먹는 밥은 나라를 지키게 하

는 전투력이라고 생각했기에 가장 궁금했던 것이다. 그런데 아들의 대답은 놀라웠다.

"엄마, 우리 부대 식당이 2011년도, 2012년도 최우수 군 장병 식당으로 뽑힌 곳이에요. 그러니 얼마나 맛있겠어요?"

밝은 목소리로 군대 밥이 맛있다는 대답에 마음이 놓였다. 밥이 맛있다면 다른 것들은 차차 익숙해지면 되는 것이니까. 아들의 군 입대를 계기로 군대 생활 중 장병 엄마는 가장 궁금한 것이 아들의 급식이 되었다. 그래서 어머니 군 장병급식 모니터링단 활동을 시작하게 되었다.

어머니 장병급식 모니터링단 활동은 이렇게 했다

군부대 장병 급식소 방문과 설명회로 많은 것을 이해하게 되었는데 장병 급식소에 방문, 배식, 시식으로 웰빙 식단이 아니더라도 맛있는 급식과 건강한 급식은 차이가 있다는 것을 느꼈다.

첫 번째 활동으로 공군 20비행단을 방문해서 급식소 위생과 조리 과정을 직접 보고 장병들에게 배식과 함께 식사를 했는데 급식 메뉴로 나온 튀김 만두를 장병 10명 중 1명은 더 달라고 주문했다. 튀김류가 건강에 좋은 웰빙 식단이 아니었기에 맛있는 급식과 건강한 급식은 차이가 있다는 것을 느꼈다.

대부분의 장병들이 웰빙 식단은 아니어도 맛있게 먹고 힘내서 열심히 훈련도 받고, 나라도 지키는 것이 더 좋다는 의견에 한 표 보낸다.

두 번째는 군 급식 운영 관련 계약 절차 등에 대해 이해를 하게 되었다. 대한민국의 장병 급식에 대한 다양한 내용을 알차게 국방부, 국방기술품질원, 방위사업청에서 브리핑을 해 주었다. 군 급식 조달 체계와 현황 그리고 조달 업무 등 운영 관련 품질보증과 운영 관련 계약 절차까지 설명을 듣고 보니 군 장병들의 급식은 건강한 먹거리로 투명하게 운영되는 것 같았다.

군 급식 조달 체계는 매년 1월~10월까지 자료를 수집해서 10월~11월 국방부 급식 방침을 정하고 12월 말에 국회 예산으로 확정된다고 한다. 매년 급식 예산이 확정되고 나면 주식, 부식 예산과 품목, 지급 횟수까지 정해져서 후식, 중식 등이 제공되고 있었다.

그 외에 육군 장거리 배치 이동 신병 급식 방법 개선, 알레르기 유발 식품 표시제(1기 모니터링단 제안), **빵**, 시리얼 다양화, 수입 쇠고기 급식 기준 삭제, 한·육우 급식 기준 확대 등 급식 제도 개선을 위한 다양한 노력도 있다는 것을 알게 되었다.

급식 대전에서 만난 군 장병들의 관심을 알게 되었다

제9회 2015 우수급식 산업대전이 7월 29(수)~31일(금)까지 3일간 서울 삼성동 코엑스에서 열렸다. 군 장병 급식을 한눈에 볼 수 있는 전시회라고 하기에 다녀왔다. 2015 우수급식 산업대전은 국내 유일의 단체 급식 전문 전시회로 매년 1회 개최하며 각 분야별 단체 급식 운영자들에게 급식 관련 다양한 정보를 제공하고 있었다.

특히 올해는 농림축산식품부의 향후 우리나라 농산물 생산 중·장기 방향인 GAP제도를 국내에서 처음으로 단체 급식 관계자들에게 전하는 전문교육을 실시했다. 이를 위해 전통 식품 인증 제품을 활용한 단체 급식, 급식 메뉴 시연회, 단체 급식 주요 조리 기구 공개 평가회, 조리실 내 안전 및 조리 작업자의 노동 강도 절감을 위한 모델관 등이 마련되었다.

전시회장에서 만난 군 장병들은 현재 군부대에서 주로 하는 일이 취사 관련 분야 쪽이라는데 조리 기구와 조리 시간을 단축해 주는 간편 조리 기구과에 많은 관심을 나타내었다. 군부대를 방문했을 때 안전과 위생은 물론이고 조리 시간을 단축하기 위한 급식 조리 기구들이 있었는데 군부대 급식소 조리 기구들도 지속적인 발전과 개발이 되고 있다고 한다.

군 급식 김치 생산 업체 위생 상태는 이상 무!

군부대 장병들이 먹는 삼시 세끼에 필수 반찬은 김치인데 군대 김치는 어떤 맛일지와 함께 위생이 무척 궁금하기도 했다. 군 입대 후에 모든 훈련과 복무가 아무리 힘들다 해도 맛있는 삼시 세끼라

면 고단함이 눈 녹듯이 사라질 듯하다. 그리고 김치가 맛있다면 금
상첨화라는 생각이다.

어머니들은 위생복을 착용하고 위생 체크를 받은 다음에 생산 라
인에서 직접 김치 제조에 참여했다. 노란 배추가 맛있어 보였지만
이곳에서는 착용한 마스크 때문에 맛을 볼 수는 없었다. 생산 제조
과정의 위생은 이상 무였다. 김치가 제조되는 공정을 직접 체험하
고 난 후 어머니 모니터링단은 솔직한 느낌을 대화하는 간담회를
가졌다. 현장을 다녀온 어머니들은 군 장병들이 느끼는 맛과 위생
상태에 많은 의견을 냈다.

군대 김치는 이상 무!

맛이 더 중요하다고 하시는 어머니들은 저염식 반찬이 군 장병들
의 입맛에 만족스럽지 않다는 의견이었다. 반대로 군대 복무 중에
저염식 입맛에 길들여져서 건강을 챙겨야 된다는 의견이 나왔고 이
의견에 찬성하는 어머니들이 더 많았던 듯하다. 어떤 것이 중요한
지에 대해서는 더 많은 논의가 있어야겠다는 생각이다.

또한 서울역과 서울시청역에서 군 장병과 전역한 40~50대 남자를 대상으로 한 설문 조사를 하였다. 부대를 방문하여 급식을 먹어 봤었는데 버려지는 잔반을 줄여 보고자 장병급식 어머니 모니터링단이 나선 것이다. 설문 조사를 실시한 결과 장병들과 전역한 40~50대 남자들도 가장 선호하는 음식으로 치킨을 1위로 뽑았다. 아마도 삼시 세끼를 통해 쉽게 접할 수 있는 식사 메뉴인 된장찌개, 김치찌개 등등보다는 가끔씩 간식으로 먹는 치킨 등이 가장 기억에 남았던 듯하다.

활동 후 느낀 점

일 년 남짓한 기간 동안 어머니 장병급식 모니터링단 활동으로 대한민국 육·해·공군을 방문해서 장병들이 먹는 급식 조리 과정과 위생 상태도 체험하면서 장병들에게 직접 배식과 식사도 함께했다. 그리고 허심탄회하게 이야기도 나누면서 군 복무 기간 동안 고된 훈련과 나라를 지키는 막중한 일에 여념이 없는 대한민국 장병들의 급식은 '입맛과 건강'이라는 두 마리 토끼 모두를 잡아야 한다는 것이었다.

때로는 저염식 식단으로 건강을 우선시하고 때로는 튀긴 치킨 등과 같이 건강보다는 입맛을 우선시하는 간식이 필요할 때가 있다는 의견이다. 장병 어머니들조차도 두 마리 토끼 사이에서 설왕설래하여 결론이 나지 않았지만 군 장병 급식을 책임지시는 관계자분들께 이 난제를 지혜롭게 넘기며 활동을 마쳤다.

21개월의 군 복무를 마치고
귀가한 아들

2015년 9월 22일은 21개월 동안 군 복무를 마치고 아들이 집으로 귀가하는 날이다. 그 전날까지 병장 계급으로 말년 휴가(?)를 마치고 군복을 제대로 차려입고 부대로 복귀하기 위해서 집을 나서는 아들의 모습을 바라보니 만감이 밀려왔다.

21개월 동안 온 가족이 아들이 복무 중이던 강원도 홍천 부대 주변을 맴돌았었다. 우리 가족들은 마치 21개월 동안 그곳에서 아들과 함께 군 복무를 한 것처럼 추억을 새겼다. 물론 집으로 돌아오면 각자 일상으로 돌아갔지만 틈만 나면 아들이 있는 홍천으로 달려갈 준비를 하고 사는 가족들이었다.

그러다 보니 아들 군대가 있는 홍천군 주변은 마치 제2의 고향처럼 많은 곳에 추억이 쌓였다. 읍내 장터의 대중탕, 장터의 빈대떡 할머니, 들기름 짜는 방앗간, 느긋한 오후에 귀가를 앞둔 아들과 함께 즐긴 커피 한잔의 여유를 즐겼던 카페, 군청 도서관, 공설 운동장, 미술관 등등에서 아들을 면회할 때마다 수없이 배회하고 만남의 반가움에 비벼대면서 지냈던 추억들이 가득하다.

　이제는 제2의 고향처럼 홍천이란 말만 들어도 가슴 설레고 그립기까지 한데 본인이야 오죽하겠냐는 생각이 든다. 그래서 군대를 다녀온 성인 남자들은 평생 군대 이야기를 술안주 삼아 밤새도록 이야기하는지도 모르겠다.

　어떤 분은 이 세상에서 제일 듣기 지루한 이야기가 군대 이야기이고 그 이야기에 군대에서 축구한 이야기까지 하면 더 지루하다는 이야기를 했었다. 그런데 아들의 군대 이야기는 아직은 재미있다. 다만 남편의 이야기만 들어 주기 지루해서 군대 이야기만 나오면 도망을 간다.

　군 입대하기 전에 21년 동안 천식으로 힘들었던 아들은 신체검사를 받고 천식으로 화생방 등 훈련에서는 제외된다는 안내를 받은 후 군 입대를 강하게 원했었다. 그리고 군 입대를 하고 나서는 정말로 부대에서 관리해 준 맞춤 건강관리와 지도로 특급 전사로 거듭나는 경이로운 일도 있었다. 그러니 부대 내에서 21개월 동안 동기, 선임, 후임들과 끈끈한 관계까지 만들어서 귀가한 아들은 정말로 고맙고 자랑스러웠다. 그러나 기대했던 전역하는 날은 마침 바쁜 일정이 산더미 같았기에 집을 지킬 수 없었다. 저 멀리 의정부에서 사진 촬영 작업 중이었는데 아들에게서 전화가 왔다. 그곳으로 바로 오겠다고.

아들의 전역 신고를 집이 아닌 엄마가 일하는 외부에서 받게 되었다. 사진 촬영 작업 중이어서 한 손에 카메라를 든 어정쩡한 자세로 듣는 아들의 우렁찬 목소리는 배 속에서 태동하면서 가끔 엄마의 옆구리를 툭툭 차던 생명의 경이로움처럼 엄마의 심장을 흔들었다.

21개월 동안 대한민국을 든든히 지켜 준 아들의 수고로움에 감사하며 특급 전사로 변신한 멋진 진짜 사나이의 커다란 등짝을 안아 주려니 어느새 두 뺨은 눈물이 범벅이었다.

"사랑하고 또 사랑한다. 멋진 아들아. 이젠 너의 모든 의견을 존중하고 조용히 지켜보련다!"

아들이 군 복무하는 21개월 동안 아들을 품어 주고, 잘 훈련 시켜 주신 군부대 관계자 모두에게도 감사드린다.

아들의 전역식

사나이 가는 길

- 류자

서슬 퍼런 군복에
진한 다크 향
초콜릿 복근을 밀어 넣고

출렁이는 허리춤을
빳빳이 조여
두둑한 뱃심을 잡아맨다

날렵한 베레모 각을 세워
정조준 사격
조각 같은 얼굴을 숨기며

엄마도 못 알아 볼
갈고닦은 실력
칼날 같은 날을 세운다

출동 준비 완료
사나이 가는 길
전진은 있고 후퇴는 없다

시인 / 수필가 / 기자

약력

충남 출생

전 〈J's English〉 영어학원 원장

전 서울 광영고등학교 운영위원장

새마을문고 서울 강서지부 회원

한국문인협회 강서지부 회원

이루미 독서심리 코치

강서구 풍선아트 전문 봉사단

도시농부 봉사회 총무이사

도시 양봉가

지역 인터넷신문 〈강서뉴스〉 기자

구정신문 〈강서까치뉴스〉 명예기자

수상

한국문학예술 2013년 수필 신인상

지필문학 2015년 시 신인상

허준 동의보감 발간 400주년 기념 백일장 수필 장려상

제33회 국민독서 경진대회 강서지부 독후감 우수상

2013 자치회관 체험 감동수기 입선

저서

동인문집 『꽃들의 붉은 말』

시와 수필집 『치매도 시가 되는 여자』

이메일: sonamu190@naver.com

블로그: http://blog.naver.com/sonamu190

페이스북: http://facebook.com/sonamu190

PART 3

류자 어머니 기자

입영 전야

입영 전야

간다 간다
마음 졸이다
떡하니 영장을 받아 들고

떠나가는 그날이
벌써 다가왔구나

남들 다 가는 군대를
가는구나 아들아

추리닝 아래위
허물처럼 벗어 놓은
너의 빈방을 보다
괜시리 울컥했구나
너도 휴가란 걸 나오겠지

그리고 또 떠나가겠지

꿈인 듯 그리웁겠지

온다 온다
그날이 올 거라
다 알고 있는데도
오늘은 마음이 이상해
기분마저 떨리는구나

내일이 영 안 온다면
잠들지 않을 텐데

아들놈 얼굴에
뭔 초상권이 걸렸다고
한참을 뒤적여 찾아낸 모습
달랑 몇 장 손에 쥐고
심란한 맘 달래 본다

실은 말이야
엄마도 너처럼 두렵단다

남들 다 겪는다고
뭐 큰일이냐는 그 말
허둥대다 해 보는 거짓말이야

아가처럼 품에 둘 수 없어
참는단다 아들아

잘 다녀오거라
굳센 남자로 다시 오거라

D-2

삭발

D-2
그 날이 오기 전
꼭 해야 한다면
그것도 기념이라고
어미 손에 바리깡이 들렸다

배냇머리 지워 내던
솜씨를 발휘해
숲 사이로 길을 내
머리통을 매만지며
이쁘다 이쁘다 주문을 건다

의식 같은
고놈을 해치우곤
두런두런 잠이 들었는데
아침결에 마주친
고놈이 무척이나 낯설다

베어 낸 머리칼에

베인 가슴은

날 선 모근처럼

따갑거나 아프거나

저 혼자 참거나…

입대

논산훈련소

이름만으로도
떨리는 그곳에
아들을 두고 왔었지요

흔들리는 눈빛
뒤통수마저
허둥대던 모습이 기억납니다

한풀 꺾인 바람에
먼지마저 잦아드는 연병장
훈련도 추억이 되니

그리움도
나이를 먹는지
눈빛이 참해졌습니다

남자라고

어미에게 내준
품도 한껏 넓어졌구요

아들도 군복도
가을볕을 아는지
늠름하게 잘 익어갑니다

입대 후(엄마)

나 떨고 있니?

뒤에도 눈이 달렸는가
아득히 멀어지는
아들의 얼굴을 놓치고

사나흘은 홀린 듯이
대엿새는 미친 듯이
십여 일은 죽은 듯이

마음도 가라앉고
몸도 눌러앉아
집안일이 하나둘 살아날 즈음

익숙한 티셔츠 바지
가지런히 벗어 놓은 운동화
아들 이름의 소포가 왔다

덜거덕 내려앉는 심장

뭉클하게 잘려 나가는 가슴
눈물이 매워 열지를 못하겠다

입대 후(아들)

병영 일기

그녀가 웃었다
날 본 듯
아니 건너 건너
먼 산을 보았다 해도
그 미소는
내게로 왔다

나도
보일 듯 말 듯
볼을 움직인다

그녀의
말랑말랑하게 패인
볼우물을 길어
마르고 지친 가슴팍에
생수처럼 뿌리면
꽃은 피고 새가 나는

새파란 봄이
너울너울 날아올 것만 같다

한겨울 든든한
곳간의 양식처럼
미소를 모아
가슴 한 편에 쌓아 둔다

먼지 나는 젊음을
촉촉이 적시기에
웃음만 한 게 있으랴
미소 밭을 일구고
지지 않는 꽃을 심는다

그리움이 웃었다

휴가

외출

두터운 얼음장 밑은 이미
봄의 축제가 한창이다

자유와 맞바꾼 청춘을
되돌려 받은 병영의 하루

갈 길은 멀고 갈 곳은 많은데
야속한 점호는 길어 마음이 탄다

두터운 야전잠바를 벗어 던지고
봄맞이 나선 상병 아저씨
상기된 두 볼이 봄을 닮았다
산천도 꽃분홍으로 갈아입는다

제대를 기다림

봄비 오는 소리

마른 가슴을 깨우는
봄비 오는 소리

똑똑똑 창을 두드려
그리움을 일으키더니

어느새 다가와
함께 걷자 손을 내밉니다

봄비는 그대를 닮아
닿을 듯 말 듯 가슴에 스미고

그대 발자국은
소리도 일렬로 행군을 합니다

봄비는 내리는데
그대는 어디쯤 오셨는가요

거꾸로 도는 시계
초침마저도 저벅저벅 행군하는

봄이 오면 온다기에
지난겨울부터 기다리고 있다오

새벽을 여는 아들아

- 류자

날마다

새벽으로 길을 내며

이른 걸음 걷는 내 아가야

너는 나의 새벽이며

살아있는 희망이라

어둠보다 깊이 잠든

세상으로 걷는 발걸음

자명종 소리 소스라치듯

걷지 않은 길마다

잠을 깨며 길을 내준다

추위에 추워도 추워 말거라

숨어 있어도 언젠가 나타나는

햇살 같은 너의 용맹과 포부는

세상을 덮고도 남아

잘 밝은 아침으로 오리라

해처럼 밝은 내 아가야

새벽은 낮을 돌아

휴식 같은 밤을 선사하고

희망의 붉은 빛으로 물들어

먼 길을 돌아도 잘했다 칭찬하리라

약력

1989년 강원대학교 국어국문학과 졸업 / 1990년 춘천 MBC 방송작가 / 1991년~2004년 중고등 국어과 기간제 교사 / 2004년~2007년 영재스쿨 입시 학원장 / 2007년부터 삼생정보화마을 프로그램 관리자 / 강원도 SNS서포터즈 (2013년~현재) / 산림청 블로그 기자단 (2014년) / 2012년부터 한국 농어촌공사 네티즌 홍보대 및 홍보 대사 / 안전행정부 사이버 서포터즈 (2013년) / 문화체육관광부 서포터즈 (2014년) / 생활공감 국민행복 모니터요원 (2013년, 2014년) / 농촌진흥청 주부 블로그 기자 (2014년, 2015년) / 병무청 블로그 청춘예찬 어머니 기자단 (2015년~현재) / 농산물 품질관리원 블로그 기자 (2015년~현재) 농림축산식품부 블로그 기자단 (2015년~현재)

수상

1989년 강원대학교 학보상 수필부문 입상

2000년 허균 문학상 중편소설 당선

2000~2001 홍천군 정보검색대회 및 농협 농가주부모임 PC 경진대회 최우수상 및 우수상, 장려상 수상

2004년 농민신문사 생활수기 당선

2007 정보화마을 프로그램 관리자 경진대회 최우수상 수상

농협 다문화가정 주부 우수 한국어 지도 교사상

2013년 강원도지사 표창(강원도지사 표창 3회 이상 수상)

2013, 2014 한국 농어촌 공사 네티즌 블로거 최다 포스팅상 수상(농어촌공사 홍보 대사 위촉)

2013년 안전행정부 사이버 서포터즈 블로그 콘테스트 3위 입상

2014년 농촌진흥청 주부기자 우수상 수상

그 외 정보화마을 최우수 인빌 기자상, 정보화마을 블로그 대상 수상, 인빌 사진 공모전 입상, 강원도 SNS 서포터즈 사진 콘테스트 입상, 2015년 강원 정보화마을 사진 콘테스트 장려상 입상

이메일: sybaik333@hanmail.net

블로그: http://blog.daum.net/sybaik333

페이스북: https://www.facebook.com/sybaik333

인스타그램: https://www.instagram.com/sybaik33/

트위터: https://twitter.com/sybaik33

PART 4

백경숙 어머니 기자

벚꽃 엔딩? No, 스타팅!
-입영 전 가족 여행을 다녀오다

사월······.

마음이 싱숭생숭, 따뜻한 기온이 땅속에서부터 스멀스멀 기어올라 오고, 여기저기서 들려오는 꽃 소식에 눈이 어지럽던 차, 오랜만에 온 가족 여행을 떠났습니다. 맏아들 녀석이 군대에 가거든요. 요즘은 군대도 경쟁이라 네 번 도전 끝에 드디어 4월 말경에 입대하기로 결정되었네요.

아들 녀석 군대 가기 전에 모두 모이자고, 그래서 떨어져 직장을 다니고 있는 큰딸과 학교를 다니고 있는 막내 녀석을 불러들여 함께 동해안으로 떠났습니다. 차에 타자마자, 뒷자리가 떠들썩해지기 시작합니다. 이젠 전부 체격들이 커져서 뒷자리에 세 녀석이 앉으면 좀 좁거든요. 처음엔 자리가 좁다고 투덜거리더니 입대하는 큰아들 영재 녀석, 자랑스럽게 말합니다.

"내가 옷장 정리해 보니깐 누나랑 민재 줄 만한 거 많더라?"

큰딸 수향 녀석, 씨익 웃으며 대꾸합니다.

"난 그딴 거 안 줘도 돼. 난 나라 사랑 카드만 있으면 돼. 매달 10만 원씩 꼬박꼬박 통장에 입금될 거잖아."

"어휴, 누난 군대 면제라서 좋겠다. 생긴 것만 여자지, 하는 짓은 완전 남자잖아?"

"너 나한테 잘 보여야 해. 군대 가면 내가 맨날 편지 써 줄 거거든. 상관들이 누나 있나 없나 물어보는 게 군대 생활 첫번째 관문이래."

"누난 안 써 주는 게 도와주는 거거든? 상병들이 누나 얼굴 보면 도리어 나 기합 받아. 엄마랑 아빠랑 누나 낳고 울었잖아, 어디서 이렇게 못생긴 게 나왔나 하구."

"넌 태어나서 엄마 젖도 제대로 못 빨았잖아, 바보같이."

"그래도 이렇게 잘 컸잖아?"

하면서 군대 얘기, 태어난 얘기까지 거슬러서 두 녀석이 아웅다웅 실랑이를 벌이는데 좀 많이 시끄럽더라구요.

그 순간 남편이 음악을 틀었는데, 두 녀석들이

"야, 아빠 시끄러운가 보다, 음악 트셨어."

하는데 흘러나오는 음악이 김광석의 '이등병의 편지'였습니다.

"집 떠나와 열차 타고 훈련소로 가는 날 / 부모님께 큰절하고 대문 밖을 나설 때 / 가슴속에 무엇인가 아쉬움이 남지만 / 풀 한 포

기 친구 얼굴 모든 것이 새롭다 / 이제 다시 시작이다 젊은 날의 생
이여"

순간 뒷좌석이 찬물을 끼얹은 듯 조용해졌습니다. 그랬다가 일제
히 웃음을 터뜨리는데, 갑자기 수향 녀석, 민재가 울고 있대요. 돌
아보니 막내 민재가 눈시울이 글썽이며 펑펑 울고 있고……. 차 안
은 울음과 웃음이 뒤범벅이 되어버렸네요.

타이밍 적절한 노래와 아들 녀석과의 이별 예감, 웃고 있지만 저
도 모르게 눈물이 찔끔 나오는 거 참느라 혼났네요. 하여튼 그렇게
떠들면서 강릉 경포대에 도착해 보니, 날씨가 다소 쌀쌀한데도 많
은 분들이 벚꽃을 보러 오셨네요.

벚꽃을 시샘하는 바람이 좀 차도 꽃은 예쁘게 폈습니다.

강릉 시내는 경포대뿐만 아니라 곳곳에 벚꽃이 심어져 있어 차
를 타고 달리는데 길이 완전 환상적입니다. 수향 녀석은 사진 찍느
라 정신없고 녀석 아빠는 아들에게 사진 찍는 법을 알려줍니다. 영
재 녀석, 대학교에서 사진 동아리에 들어가 열심히 출사를 다녔다
고 했지만 아직 아빠보단 한 수 아래입니다. 막내 녀석도 언제 울었
나 싶게 화려한 벚꽃 나무 아래에서 부드러운 미소를 띤 꽃남이 되
고요.

답답한 아파트를 벗어나 모처럼 꽃구경 나온 녀석들, 얼굴엔 미
소가 한가득합니다. 조용하고 한가로이 벚꽃을 바라보면서 저마다
의 마음속에는 갖가지 생각들이 떠오르겠지요.

벚꽃 여행

그런데 하늘이 흐려지더니 비가 내리기 시작하네요.

숙소에 들어가기엔 아직 이른 시간이라, 허균·허난설헌 기념관
으로 차를 돌렸습니다.

기념관 앞에 도착하여 기념사진을 찍었습니다. 오랜만에 오니 감
회가 새롭습니다.

이곳저곳을 찬찬히 둘러보는데, 문득 책이 한 권 눈에 띄더군요.
부끄럽지만 제 초기 공모전 당선 작품도 저기에 있습니다.

오래전에 쓴 소설이라 서툴고 미숙한 부분이 많은 중편 소설인
데, 황송하게도 문학상을 주셨습니다.

막내 녀석, 엄마가 쓴 소설이라 신기하다면서 그 자리에 앉아 책

장을 넘깁니다.

얼마나 부끄러운지. 녀석이 소리 내어 읽는데, 정말 덮쳐서라도 빼앗고 싶은 심정입니다.

'좀 더 잘 쓸 걸.'하는 후회가 밀려오네요. 하지만 그때는 나름 그게 최선을 다한 작품이었겠지요. 그런데 아들 녀석, "체온으로 데운 잠자리? 팔베개? 쓰다듬어? 손길을?" 해가며 킥킥거립니다.

허균 허난설헌 기념관에서 엄마의 소설을 읽는 막내아들

예전에 제가 습작하던 작품 중에 조금 야한 장면을 묘사한 소설이 있었는데, 노트북에 저장해 놓은 그 작품을 녀석이 어느 날 읽길래 제가 못 읽게 막느라고 덮쳤더니 엄마가 온몸을 던져 막는다고, 자긴 엄마가 전직 골키퍼인줄 알았다나요?

엄마가 야한 소설을 쓴다고 두고두고 놀려댔었는데 한창 사춘기인 아들 녀석, 소설에서도 그런 부분만 기가 막히게 찾아 읽고 있습니다.

딸 녀석과 큰아들 녀석이 막내 녀석 뒤통수 때리면서 혼내줍니다. 정말 글이란 것은 함부로 쓰면 안 되겠다는 반성을 다시 했습니다.

하여튼 허균·허난설헌 기념관을 나와 이번에는 커피숍이 줄지어 선 안목항으로 들어가서 전망 좋은 커피숍으로 올라갔습니다. 저야 뭐 원래 커피를 좋아하지 않으니 딸기셰이크를 시키고요, 화이트 초콜릿을 시킨 막내 녀석을 빼곤 모두들 커피를 시켰는데 금액이 자그마치 4만 원이 넘네요. 제가 투덜거리니까 녀석들이 웃습니다. 다른 데서도 다 이 가격 한대요. 문화생활에 쓰는 돈이니까 아까워 말래요.

"쌀이 10킬로그램이 넘는데, 이것을 한 번에 마셔서 없애나……." 투덜거렸더니, 녀석들은 엄마가 촌사람인 건 어쩔 수 없다네요. 자식 셋 기르고 학비 대고 생활비 대려면 어쩔 수 없는 게 현실이거늘……. '그래, 부모인 내가 지자' 하며 포기합니다.

대낮인데 수평선 끝에 환하게 무지개가 떴네요.

녀석들, 환호성 지르며 사진 찍고 저마다 이리저리 보내느라 정신없습니다. 하늘에도 무지개가 떠 있다는데, 제 눈에는 안 보이네요. 바다 끝에 떠오른 무지개만으로도 황송합니다.

무지개가 뜬 동해

짐을 풀고 나니, 비가 마구 내리고 있어서 생선회는 비릴 듯하여 돼지갈비 집을 찾아갔지요. 오랜만에 연탄불에 구워먹는 돼지갈비, 맛이 제법 괜찮습니다. 아들과 딸, 어느 틈에 컸는지 이젠 녀석들 아빠와 제법 대작이 됩니다.

아들 군대 가기 전에 가족 여행 왔다니까 주인아주머니가 돼지 껍질도 서비스로 주시네요. 쫄깃하면서도 맛난 돼지 껍질, 언제부터 이 맛을 좋아하게 되었는지는 모르지만 봄비 세차게 쏟아지는 날, 대폿집에 온 가족이 둘러 앉아 기울이는 술잔이며 따뜻한 연탄불이며 오고 가는 이야기들이 참으로 정겹습니다. 녀석 아빠, 아들의 술잔에 술을 따라줄 때마다 "잘 갔다 와!" 합니다. 아들 녀석, 그 말을 들을 때마다 미치려고 합니다. 하여튼 은근히 짓궂은 구석이 있습니다.

저녁 식사 후, 영재 녀석 밤바다가 보고 싶다고 나가서 사진을 찍어 보내왔습니다. 밀려오고 밀려가는 파도를 보며 자신의 삶을 돌아보고, 앞으로의 일들에 대해 다짐과 계획도 세웠겠지요?

대한민국 남자라면 누구나 가야 한다는 군대.

막상 입대를 앞두니 마음이 많이 심란하겠지만 이번 여행을 통해 가족과 추억도 쌓고 마음으로 각오도 다졌으리라 생각합니다.

그다음 날 아침, 리조트 8층에서 바라본 일출이 참 아름답습니다. 구름 뒤에 숨어서 살그머니 뜨는 해. 아직도 꿈나라인 아들 녀석더러 해 뜨는 거 보라니까 딸 녀석, "군대 가도 해 뜨는 건 볼 수 있거든?" 하네요.

맨날 뜨고 지는 게 해라는데, 그 말이 맞는 말인데 왜 어이없게 느껴지는 건지요? 일부러 녀석들 데리고 동해 바다 온 건데 이렇게 말하면 제가 섭섭하지요.

올 12월 31일 날 해돋이 보러 동해 바다 가자 그러면 똑같이 말해야겠습니다.

"집에서도 해 뜨거든? 맨날 뜨고 지는 게 해거든?"

제가 원래 은근 뒤끝 있는 여자거든요.

그래서 민재 녀석은 늘 저더러 '엄마 뒤끝 작렬'이라 하는 건지도 모르지만요.

지난밤, 비에 더욱 깨끗해진 벚꽃을 즐기면서 돌아오는 길엔 그런 생각이 들더군요. 세월, 정말 잠깐이라고. 가족끼리 부대끼며 사는 것도 정말 잠깐입니다.

사랑만 하고 살기에도 모자란 세월이라고 누군가 말했었지요.
사랑할 수 있을 때 사랑하고, 베풀 수 있을 때 베풀고, 아껴줄 수 있을 때 아껴 주는 것. 그게 현명한 일일 듯싶습니다. 그래야 나중에 후회가 남지 않을 테니까요.

아들에게도, 또 그 아들을 잠시 국방의 의무에 맡기는 우리 가족들에게도 더욱 소중한 의미로 남는 여행이었습니다.

어떤 군대에 가요?
- 아들의 입영을 기다리며

예전에 어떤 교수님이 그런 말씀을 하시더라구요. 요즘 젊은 세대를 흔히 "빨대와 깔때기 세대"라고 부른다고요. 씀씀이는 커졌는데 막상 수입은 그 씀씀이를 따라오지 못하니 대학 졸업하고 취직할 생각 없이 놀면서 부모 등에 빨대 꽂고 등골 빨아먹는다고 '빨대 세대'라 하고 부모가 충고하면 들을 생각 없이 톡톡 쏘아붙이고 부모의 말을 간섭으로 여기며 잔소리로만 들으니 '깔때기 세대'라 부른다고요.

그래서 그런지 어떤지는 모르겠지만 대학생이 둘씩이나 있는 저희 집도 녀석들에게 들어가는 돈이 정말 만만치 않은데 녀석들이 사근사근해지는 때는 용돈 달라고 할 때뿐이더라고요.

군대에 간다고 1학년을 마치고 휴학계를 내고 집에서 기다리던 시간. 입대 날짜가 확정되지 않으니 무엇을 해도 손에 잡히지 않으리라는 건 잘 알지만 그래도 허투루 시간을 보내는 건 아니다 싶어 은근 잔소리가 늘더라고요.

영어 공부도 좀 하고, 자격증도 따고, 책도 좀 읽고 어쩌고저쩌고 하면 군대 갈 터인데 무슨 소용있냐며 톡 쏘면서 말대꾸하고 다른 녀석들은 그 녀석 뒤에서 서로서로 손으로 엑스자를 만들어서 흔들어요. 저더러 그만하라는 거죠.

게다가 페이스북으로 친구를 맺어 놓았더니 이 녀석이 어느 날 친구마저 툭 끊었어요. 간섭하고 자기 생활 엄마가 아는 게 싫다는 거죠. 제게만 그랬나 싶어 저도 용돈 확(!) 끊어야겠다는 생각했는데, 알고 보니 녀석들 아빠까지도 친구 끊었더라고요.

처음엔 나만 미워하는 거 아니구나 싶어 안심했는데 가만 생각해 보니 이게 안심할 일이 아니더라고요. 결국 아빠까지도 간섭하는 거 싫다는 거잖아요. 은근 화가 나고 약도 올라서 이 녀석 용돈을 정말 파악 끊어버릴까 고민도 했는데 차마 부모로서 그건 못할 짓이라 꼬박꼬박 녀석의 생활비를 대 주는데, 늘 녀석만 보면 언제 철이 드나 싶더군요.

어쩔 수 없이 이게 바로 부모 노릇인가 보다 체념하고 사는데, 근래에는 남편이 아이들과 더 부딪치더라구요.

머리가 덥수룩하다고 당장 머리 깎으라고 호통치고, 옷이 맘에 안 든다고 뭐라 그러고(체크무늬에 희한한 남방, 그게 우리 80년대 대학 다닐 때 스타일인데 복고풍이라나 뭐라나 그게 또 요즘 유행이래요). 이번엔 신발이 이상하다고 뭐라 그러니 녀석이 아빠 얼굴 보면 또 뭐라고 트집 잡을지 걱정된다네요.

하도 기가 막혀서 "넌 얼른 군대에 가야 정신 차려!" 하고 제가 그러고 말았네요. 그랬더니 그 녀석 "난 군대 안 가, 의경 갈 거거든?" 그러는 거예요. 그러니까 제 남편 벌컥 화를 내더니 "안 돼, 넌 죽어도 군대 가야 해! 너 다리에 정맥류 있어서 혹 공익으로 떨어져도 안 돼. '전 군대 가야 해요. 우리 부모님이 절대로 군대로 가라고 그랬어요.'라고 우겨서라도 군대에 가!"

버럭 열 받아서 그러는 거예요. 그랬더니 아들 녀석, 다른 부모들은 자식 군대 안 보내려고 별 짓을 다하는데 우리 부모님은 친부모가 아니라는 둥 정상이 아니라는 둥 툴툴거려요. 그러자 옆에서 그 꼴을 가만히 지켜보고 있던 우리 막내 녀석 "전 공군갈래요." 그러면서 싸악 웃어요.

이 녀석이 원래 제 형과 누나가 하는 짓을 어려서부터 보고 자라서 눈치가 빠르고 처세술이 뛰어나요. 그러자 녀석 아빠, 녀석의 형을 혼내면서도 동생이 하는 짓이 그건 아니다 싶은지 한마디 하더라고요.

"넌 공군 못 가, 무거워서 비행기가 못 뜨잖아."

그러니깐 당황한 막내 녀석 "그럼 전 해군 갈래요."

녀석 아빠, 역시나 시큰둥하게 "넌 해군도 안 돼, 배가 가라앉아."

그러니깐 두 배로 당황한 막내 녀석 "그럼 육군하죠, 뭐."

그러자 녀석 아빠, 더 시큰둥하게 "육군은 땅에서만 하는 게 아냐. 트럭 타야 하는데 트럭 바퀴 펑크 나." 그러자 조금 화가 난 듯한 막내 녀석 "그럼 보병 가면 땅이 꺼지겠네?" 하면서 자폭을 해

버려요. 그 소리에 모두들 빵 터지고 말았죠.

그런 일이 있고 난 후, 큰아들이 드디어 육군에 입대를 했네요. 그 길던 머리 깎고, 짐 정리하고, 훈련소 들여보내던 날, 얼마나 마음이 짠하고 아리던지. 군대에 들어갈 땐 무엇을 가지고 가냐고 의견이 분분했었죠. 제 남편, 그러더군요.

"탱크 한 대만 사 주면 돼. 할부로."

하여튼.

머리 깎은 아이들이 운동장으로 하나 가득. 입소식 행사 후, 줄을 지어 강당으로 들어가는데, 가족과 친구들 모두 눈가가 촉촉해지고 어떤 어머님은 소리 내어 우시네요. 저도 녀석의 누나도 녀석의 할머니도 왜 그리 슬픈지……

그래도 세월호 참사로 꽃 같은 아이들을 잃어버린 부모들을 생각하고 억지로 눈물을 참았었죠. 녀석의 누나, 눈물 스윽 훔치더니 그러대요.

"엄마, 쟤네 저기 들어가면 설문지에 답하는데 되게 재밌는 거 한다. '나는 남자를 보면 가슴이 두근거리고 얼굴이 빨개지는가?' 그딴 거에 답해야 돼."

어이가 없어서 웃었습니다. 덕분에 슬픔은 조금 가셨네요.

어쨌든 한 달 동안은 녀석과 연락이 안 되는 때라 유난히 걱정되고 보고 싶고 녀석의 전화가 기다려지더군요. 녀석이 들어간 신병 훈련소랑 보충대 카페에 가입하고 아침저녁으로 들여다보며 편지 쓰고 어쩌다 걸려 오는 전화만 기다리던 시간들, 그 와중에 녀석은 축구해서 우승했다고 포상으로 전화 걸어 오더군요. 학교 다닐 때 공부 안 하고 축구만 한다고 구박했는데 그 축구 덕분에 아들과 통화도 할 수 있었지요.

한 달간의 신병 훈련을 마치고 자대 배치 받은 후 비로소 허락된 면회를 갔습니다. 군대 가더니 살도 쏘옥 빠지고, 피부도 까맣게 그을리고, 베레모도 쓰고, 군복을 입은 늠름한 모습을 보니 군대 가기 전에 철없이 속 썩이던 그 아들 맞나 싶게 정말 다시 보이더군요.

녀석 아빠, 아들을 보자마자 제대 며칠 남았냐고 물어보았습니다. 아들이 씨익 웃더니 얼마 안 남았대요. 585일밖에 안 남았대요. 2016년 1월 16일이라고.

학교 다닐 땐 시험 보는 날이며, 고입 시험 보는 날, 심지어 수능 보는 날까지 시험 날짜는 하나도 모르던 녀석이 제대 날짜는 칼같이 헤아리고 있더군요.

싸지방(사이버 지식 정보방), 유격 훈련, 각개전투, 기보 분대, 여단, 수색 중대, 알동기, PT 등등. 그래도 육군 장병 출신인 아버지인지라 아들 만나니 공통의 화제가 생겨 두 부자가 신나서 쉴 새 없이 떠드는데 저는 도대체 영 알아들을 수가 없어 멍하니 듣고 있었죠.

근데 PT는 저도 자주 하는 거라 "파워포인트, 프레젠테이션?"이라고 했더니 두 부자가 어이없다는 듯 고개를 설레설레 흔들어요. 체조 이름인데 번호가 있대요.

아들 녀석 군 생활 재미있다고, 유격도 할 만하다 그래서 "생각보다 군대 별거 아니구나?" 했더니 둘이서 저보고 동시에 "여자도 군대 가야 해." 소리치더군요.

각 잡은 거 민간인은 모른다는 둥, 모자를 헨리처럼 각 안 잡고 쓰면 빵 굽는 거라는 둥, 비질 삽질 잘 못하면 꼬라지(?)가 우습다는 둥 수색대는 군인의 1%라는 둥 그새 많이 군대화가 되어 정말 씩씩한 군인 아저씨가 따로 없더라구요.

아들의 부대에 방문하다

부대 야회 면회장에서 돼지고기를 구워먹고 제가 기름을 저 개울가에 슬쩍 버리면 안 되겠냐고 했더니 대뜸 "엄마, 국민의 5대 의무가 뭔지 아세요?" 하길래, "국방, 납세, 근로, 교육." 그랬더니 "나머지 하나는 '환경 보전의 의무'래요."라고 하더라구요. 군대 가기 전에 아무데나 쓰레기 버리던 녀석이 저한테 정색을 하고 충고하는데 제가 그만 민망해지더라고요.

선임이 일등병 계급장도 줬다고 자랑하고, 날개 달린 괴물(?)처럼 생긴 부대 계급장의 의미도 설명해 주고, 부대의 꽃이라는 수색대여서 자기는 얼마나 자랑스러운지 모르겠다며 신나서 이런저런 군대 얘기를 들려주는데 아들이 정말 다시 보이더군요. 그나저나 면회 도중 여자도 군대 가봐야 한다는 소리를 둘이서 몇 번이나 하는지······. 속으로 그랬습니다.

"우쒸, 남자도 애 낳아 봐야 해!"

건빵에 별사탕은 아직도 있구나!
- 아들의 부대 방문기

군대에 자녀를 보낸 부모님들이라면 애타게 기다리는 날이 있죠? 바로 일 년에 한 번 돌아오는 '가족 군부대 방문의 날'입니다. 아들을 처음 군대에 보내 놓고 얼마나 노심초사했는지 모릅니다.

밥은 잘 먹는지 잠은 잘 자는지 어떤 곳에서 생활하는지, 가끔 걸어 오는 전화만으로는 상상이 되질 않아 몹시 궁금하던 차라 직접 눈으로 확인해 볼 수 있다는 게 안심도 되고 그랬습니다.

아들이 속한 부대는 기갑수색연대, 군부대 중에서는 연대이기 때문에 큰 부대라고 하더군요. 소대, 중대, 대대, 연대, 그런 순이랍니다.

제 아들은 수색대는 군부대의 꽃이라며 수색대에 가는 사람들은 운동신경이 뛰어나고 체력이 좋은 사람들만 가는 거라며 저한테 엄청 자랑하더라구요. 맞는지는 모르겠지만 본인은 자부심에 차서 열변을 토하길래 "그래, 장하구나!" 해 줬습니다.

나중에 인터넷 검색해 보니 가장 힘든 부대 중의 하나라 수색대에 떨어지지 않기를 속으로 은근히 바라는 사람들도 많다네요. 뭐, 어쨌든 당사자인 녀석은 너무 자랑스러워하길래 그랬죠.

"그렇게 장하게 낳아 주고 길러준 게 누군지는 알지?"

유격 왕이 된 아들

깨끗하게 정돈된 대강당에서 부대 소개 동영상과 겨울 혹한기 훈련 다녀온 동영상을 시청했습니다. 집에서는 늘 어린아이만 같던 아들이 얼굴에 시커먼 위장 크림을 바르고 전차를 타고 이동하는 모습, 벌판에 텐트를 치고 야영하는 모습 등 훈련받는 모습이 나오니 대견하고 뿌듯하면서도 가슴이 짠해지네요. 동영상 시청이 끝나자 모두 힘차게 박수를 쳤습니다. '정말로 우리 아들들이 이 나라의 큰 파수꾼이구나.'라는 자부심을 가졌지요.

동영상 시청 후, 중대장님의 사회하에 부대 내의 간부들 소개 시간과 부모님들을 대상으로 아들의 부대 생활에 궁금한 점 등을 물어보는 간담회 시간도 있었습니다. 중대장님께서 질문 안 하면 이 강당을 떠나지 않겠다고 살짝 귀여운⑦ 협박도 해 보십니다. 그러면서 결혼하고 딸을 낳아 기르면서 부모의 마음이 어떤 것인가를 잘 알게 되었다고, 자식을 사랑하는 부모의 마음으로 부대원들을 사랑하고 가르치겠다고 약속해 주셨습니다.

면담 후 직접 부대를 돌아보는 시간을 가졌습니다. 내무반 복도 한가운데, 수족관이 있습니다.

수족관의 물고기를 담당하는 병사들은 물고기가 죽으면 영창 가냐고 그랬더니, 옆에서 설명하시던 간부님, 펄쩍 뛰며 그런 일 절대 없다고 해서 살짝 웃었습니다. 물고기들이 깨끗한 수족관에서 유유히 헤엄치며 잘 놀고 있네요.

체력단련실을 청소하느라 힘들었다며 자기가 특별히 청소한 곳이니 잘 보라네요. 매일 저녁 7시쯤이면 걸려 오는 전화. 아마 이곳에서 걸었겠지요. 전화기마다 계급에 맞게 알맞게 분담이 되어있어 선임에게 밀려 신병들이 전화를 사용하지 못하는 일은 절대 없을 듯싶습니다.

아들 녀석이 잠을 자는 곳, 내무반이라고 하나요. 사물함에 옷과 침낭, 소지품 등이 잘 정리되어 있습니다. 녀석의 아버지가 만져서 흐트러 놓았다고 금방 다가가서 다시 정리하는 아들. 놀라울 정도로 이런 모습은 낯설기까지 합니다. 이다음에 제대해서도 이렇게 방 정리와 주변 정리를 잘 해 놓으면 참 좋겠습니다.

사이버 지식 정보방, 일명 싸지방이라고 부르는 곳은 컴퓨터가 구비되어 있고 여기서 가끔 페이스북에 들어와 열심히 저한테 '좋아요'를 눌러 주고 있습니다. 벽에는 컴퓨터로 공부하기 좋은 유용한 사이트도 게시해 놓았는데 참고해서 열심히 공부하면 좋겠네요.

사이버 지식 정보방 한쪽에는 다양한 책들도 구비되어 있어 일과가 끝나는 저녁이나 외출, 외박하지 않는 주말에는 독서를 할 수도 있다네요. 군대에 와서 책 많이 읽었다고 자랑하는데 마음의 양식을 정말 많이 쌓았기를 바라봅니다.

PX라고 하나요. 부대 내의 마트, 정말 쌉니다. '세일'이라면 눈이 동그래지는 엄마들이 알면 절로 눈이 휘둥그레지겠네요. 이곳에서 아들 녀석에게 외박을 양보한 친구를 위해 과자도 사 주었습니다. 집이 먼 데다가 얼마 안 있으면 휴가 나가기에 부모님이 오고가시기 힘들다고 외박 순서인데도 안 나가고 우리 아들더러 대신 나가라고 했답니다. 나가서 부모님 바쁜 농사일 도와드리라고 했다네요.

지난번에 아들 면회 갔을 때 집이 멀어 부모님이 오시기 힘든 친구들 불러내어 삼겹살을 구워 주었는데 바로 그 친구들 중의 한 명이랍니다. 제 남편, 아이들이 먹을 수 있게 해줘야 한다며 이것저것 사지 말라고 하네요. 부대 내에 없는 품목을 요청하는 화이트보드도 있습니다. 부대원들의 의견을 반영한다는 말이겠지요. 복도에는 월별 체력 증진표도 있습니다. 아들 녀석, 시력이 나빠 2급이라며 특급이 못 된다고 투덜거리지만 군대에 와서 살도 쏘옥 빠지고 체격도 탄탄해진 게 꾸준한 훈련과 체력 단련 덕인 듯싶어 살짝 대견하기도 합니다. 알기 쉬운 그림으로 모기가 발생하기 쉬운 지역을 표시해서 위생과 건강에도 신경 쓰고 있습니다.

매주 상점과 벌점을 부과해 동기 유발도 하고 있고요. 이 상점이 쌓여 외박도 나오고 휴가도 나오는데 지난번엔 자격증을 취득해서 특별 휴가를 나오기도 했습니다. 운동장에 나오니 아들 부대에서 보유하고 있는 여러 장비들을 전시해 놓았습니다.

텐트 안에도 들어가 보고, 철모를 쓰고 기념사진도 찍고, 난생 처음 35억짜리 크레인에도 올라가보고 25억짜리 전차도 타 보았습니다. 모두 모여 사진도 찍고 가는 곳마다 하나하나 전부 다 설명을 들었습니다. 아들이 속한 공간, 어느 곳 하나라도 놓치지 않으려 다른 부모님들도 얼마나 열심히 들으시는지 마치 대입을 앞둔 수험생 같았습니다.

그동안 밴드를 통해 일상에서도 아이들의 부대 생활에 관한 사진과 소식 등을 접해 왔지만 직접 눈으로 보니, 안심도 되고 '지금 이 시간쯤이면 아들은 어디에서 무얼 하고 있겠구나.' 상상이 되니 마음도 놓이고 그랬었습니다.

아이들이 먹는 전투식량도 보았습니다. 이거 뜯어보면 안 되냐니까 아들 녀석, 펄쩍 뛰며 개수 세어 놓는다고 합니다. 먹어봤냐니깐 먹어 봤다네요. 그 맛이 궁금해서 언젠가는 이거 한 번 뜯어보고야 말겠다는 의욕(?)이 살짝 생깁니다. 근데 아들이나 아들의 아버지나 군대에 다녀온 사람들은 펄쩍 띕니다.

절대로 안 된다네요. 세금이라고. 대신 건빵과 음료수가 준비되어 있어 맛보았습니다. 건빵은 쌀로 만들어서 예전에 먹던 건빵보다 훨씬 맛있습니다. 별사탕도 여전히 잘 있네요. 자그마한 배려지만 감사한 마음이 듭니다.

아마 이런 부대 방문을 통해 많은 부모님들이 아들의 부대 생활에 관한 궁금증과 불안감을 해소하셨으리라 생각합니다. 저처럼 만날 때마다 점점 더 의젓해지는 아들의 모습과 시간이 지날 때마다 점점 더 대한민국의 남아로 거듭 변신하는 아들의 모습을 보며 대견함도 느끼실 거구요.

대한민국을 위해 입대한 우리의 아들들. 억울한 일을 겪지 않고 조직과 단체라는 규율 아래 개개인의 인권과 생명의 소중함이 무시되지 않으며 건강하고 씩씩하게 제 몫을 해내는 사회구성원으로 소중한 제 역할을 잘 배워 나오면 좋겠다는 생각을 해 봅니다.

비록 똑같은 옷을 입고 똑같은 곳에서 똑같이 생활한다 해도 그 애들은 누구나 부모에게 소중한 자식이기 때문이지요.

병역은 청춘의 낭비나 피해가야 할 관문이 아니라 대한민국의 국민이라면 누구나 지켜야 할 국방의 의무이며 우리의 소중한 아들들이 자랑스러운 청년으로 성장하는 밑거름이 되는 일이라 생각합니다. 병역이 아름다운 세상, 대한민국의 튼튼한 미래라는 생각을 하며 아들의 부대를 떠나왔습니다.

밴드, 묶여 봐?
- 소통하는 군부대

대한민국의 아들이라면 누구나 지켜야 하는 국방의 의무, 바로 병역의 의무지요. 귀하고 소중한 아들이 이제 막 군대 생활을 시작했습니다. 머리 깎여 훈련소에 들여보내고, 연락조차 하기 힘든 시간들을 보내고 자대에 배치 받고도 여전히 궁금하기만 한 아들의 시간들.

아들은 지금 이 시간에 무얼 하고 있을까, 아침 구보를 뛰고 있을까, 훈련을 받고 있을까, 밥은 제대로 먹고 있는지……. 혹 선임이나 상관에게 혼나고 있는 건 아닐까.

부대 개방의 날 다녀오기도 하고, 면회도 다녀오고, 휴가 때 나온 아들의 얼굴을 보고 위안도 받지만 다시 부대로 복귀해서 들어가면 또다시 궁금해지고 마음 쓰이는 아들의 군대 생활.

제대로 잘 적응하고 있는지, 어디 아픈 건 아닌지, 게다가 단체 생활이라 혹 아들의 어떤 작은 잘못 하나로 누군가에게 피해를 입히고 있는 건 아닌지, 그로 인해 잘 화합하지 못하는 것은 아닌지, 가끔씩 전화가 오긴 하지만 목소리라도 어두우면 가슴이 철렁 내려앉곤 하지요.

이런저런 궁금증들이 일어날 때면 자주 찾아가 보고 싶지만 살다 보니 그것도 마음대로 되질 않습니다. 아들이 군 생활을 하는 내내 마음 졸이는 게 바로 부모님들이지요.

저도 그런 부모들 중의 하나였는데요, 어느 날 아들의 소대장님에게서 초청장이 왔더군요. 대한민국 국민의 거의 90프로가 사용하고 있다는 스마트폰에서 밴드를 결성했다고요. 그래서 얼른 가입했지요. 그랬더니 아들 부대의 소대장, 중대장, 상사, 중사, 하사들뿐만 아니라 장병의 부모님, 누나 등 가족들도 함께 밴드에 가입해서 실시간으로 소식을 주고받고 있었습니다. 제 남편도 어느새 가입해서 인사 글을 올리고 있었더군요. 저보다도 먼저요.

부대 내에서 생활하고 있는 장병들의 모습도 사진으로 올라오고 헌혈하는 자랑스러운 모습에서 부대원의 생일을 축하해 주는 훈훈한 모습, 각종 행사 모습도 올라오고, 좋은 말들과 글들도 서로서로 올리고 때로는 재미난 농담과 멋진 시도 올라옵니다.

전역하거나 한 계급 진급하는 군인들의 모습도 올라오는데 저 또한 우리 아들이 일병에서 상병 진급하는 멋진 모습도 밴드에서 확인할 수 있었답니다.

지난번 외박 나왔을 때 상병을 단다고 자랑스러워했었는데 그 모습을 사진으로 보니 얼마나 반갑던지요. 상을 타는 모습도 올라왔습니다. 잘생긴 중대장님과 함께 상장을 들고 나란히 사진을 찍은 모습이 엄청 자랑스러웠습니다.

때로는 아들의 모습을 조금이라도 더 볼 수 있을까 싶어 나란히 줄을 서서 교육받는 모습에서 온 가족이 '영재 찾기' 놀이도 하곤 했습니다. 얼굴도 몸통도 하나도 보이지 않고 왼쪽 베레모 모자만 삐죽이 보이는데 그 군인이 아들이라고 온 가족이 밴드에서 단체 사

유격 훈련

진을 내려 받아 누가 먼저 '영재'를 찾을지 내기를 했지요. 나중에 밴드에 그 모자만 삐죽이 보이는 그 군인이 바로 우리 아들이라고 올리자 아들의 부대에서도 깜짝 놀랍니다.

소대장님인지 하여튼 부대 상관이 영재를 불러서 확인을 하시고, 음료수도 주시면서 "부모님이 너를 정말 많이 사랑하시는구나." 하시면서 "전화하게 해줄까?" 하기도 했다고.

물론 아들 녀석은 우리 가족의 이런 엉뚱함을 가끔 부끄러워하기도 하지만 어쩌나요. 아들이 부대에 가 있는 동안 이렇게 애타게 찾고 기다리는 게 부모 마음인걸요.

주먹을 불끈 쥐었지만 아직도 제게는 마냥 어려보이기만 하는 아들. 그 아들의 모습이 군대에서 시간이 지날수록 씩씩한 장정으로 변하고 있습니다.

영재를 찾아라!

마치 학교 다닐 때 선생님과 상담하는 것처럼 아들의 선임들과 간부 장교님들과 대화를 주고받고 상담도 할 수 있습니다.

자녀들에게 하고픈 이야기, 부대에 건의할 이야기들도 실시간으로 서로 대화를 나누니 소통이라는 것이 무엇인지 비로소 실감하겠더군요. 아들의 밝은 모습을 눈으로 확인하니 이제는 아들의 군대 생활이 궁금하고 걱정되고 불안하던 것에서 완전히 벗어났습니다.

대한민국 군대, 이제 완전히 믿을 수 있습니다.

앞으로 아들의 입대를 앞둔 부모님들이시라면 마음 놓고 아들을 군대에 보내셔도 되겠다는 생각을 합니다. 우리의 사랑스런 아이들이 자랑스런 대한민국의 남아로 거듭나는 과정을 지켜보며 국방의 의무를 다하는 그들에게 온전한 격려를 보내 주세요!

엄마도 양심은 있단다
- 아들의 휴가

시간은 누구에게나 공평하지만 또한 시간은 사람에 따라 공평하지 않게 흘러가기도 합니다. 누구보다 군에 가 있는 아들에게도 휴가와 외박을 받아 놓은 시간은 더디게 흐르겠지요. 군 복무 18% 했다고, 118일 하고 522일 남았다며 자랑스러워하는 아들.

"너 괜찮니?"에서 이제 갓 일병 달았다고 후임 생겼다고 좋아하는 아들에게 "선임 노릇 하지 말라."고 다짐하게 됩니다.

4박 5일 휴가 나온 아들, 절 보자마자 대뜸 그럽니다.
"엄마, 본 지 얼마 안 됐는데 또 보는 거 같지?"
"아니, 십 년쯤 된 것 같은데?"
했더니 씨익 웃습니다. 근데 녀석의 누나랑 할머니, 외할머니가
"또 나왔어? 나왔다 간 지 얼마 안 된 것 같은데?"
하니까 머쓱한 표정으로 나와 눈을 마주치더니 씨익 웃습니다.
서운하겠다 싶네요. 군대에 있는 청춘들이 제일 듣기 싫은 말이 "또

나왔어?"와 "벌써 제대야?"라는 소리라던데……. 그만큼 군에서의
시간과 사회에서의 시간 개념은 다르리라 싶습니다. 그래도 누군가
그러더군요. 국방부 시계는 지금 이 순간에도 돌아간다고.

어쨌든 아들 녀석, 휴가 나오면서 몸은 일병인데 마음은 병장이
라고. 선임들이 계급장 물려줬다고 떡하니 병장 계급장을 붙이고
나왔네요.

"야, 그딴 거 사람들이 보지도 않아."

녀석 아빠, 씨익 웃으며 아들 녀석의 만용을 슬쩍 타박하지만 그
래도 꿋꿋하게 병장 계급장을 사수합니다. 오랜만에 만난 식구들이
라 두 아들 나란히 세워 놓고 기념사진을 찍어 주는데 두 방까지가
한계네요. 이젠 컸다고 초상권 운운하며 포즈도 제대로 안 취해 주
려해요. 두 녀석 다 서운하게도.

아들의 휴가 (형제가 나란히 포즈 취함)

작년에 못자리 도와주고 입대했던 아들 녀석, 이상하게도 농사짓는 저희가 일손이 딸려 바쁜 철만 기가 막히게 휴가와 외박증을 받아 나옵니다.

올해도 못자리할 때 나오고, 모심을 때 나오고, 여름에 찰옥수수 심을 때 나오고, 또 찰옥수수 사이 들깨 모종 심을 때도 나와서 생각지 않게 큰 일꾼이 되어 주었습니다. 사실 농사짓거나 사정이 있는 경우에는 군대 간 아들이라 할지라도 특별히 휴가 나올 수 있는 경우도 있다네요. 정말 군대 많이 좋아졌습니다.

못자리할 때, 아들 녀석, 키가 크니 높은 곳에 있는 것도 척척 내리고 무거운 흙 상자도 남들 두 배로 들어 나릅니다. 녀석 아빠를 닮았는지 혹은 나를 닮았는지 삽질이 특기라며 농부의 아들답게 삽질도 척척 잘해냅니다. 막혔던 봇물도 삽질 몇 번으로 툭 터놓고 뭐든 척척이라 남편도 은근히 든든한 눈치입니다.

작년 봄에 큰 병을 앓았던지라 힘든 일을 잘 못하고, 건강에 자신 없어 하면서 몸을 움직여 하는 농사일을 많이 부담스러워했는데 아들이 이렇게 도와주니 눈에 띄게 좋아합니다.

못자리를 마치고 남편이 모상에 물을 주는 동안 아들과 둘이서 찰옥수수 씨를 넣는데 제가 아홉 판 넣을 동안 두 판 밖에 못 넣네요. 그것밖에 못하냐고 놀리니까 아들 녀석 피식 웃더니 대꾸합니다.

"엄마 궤도 조립할 줄 알아?"
"기관총 분해 조립할 수 있어?"

휴가 나온 아들이
일손을 도와주고 있다

"장갑차 분해할 줄 알아?"

"영어 선생한테 수학 가르치라 그럼 금방 가르칠 수 있어?"

완전 언어의 포격 받는 기분이었습니다. 되로 주고 말로 받은 느낌이네요. 그러더니 덧붙여 남자는 힘만 세면 된다네요. 그래서 그랬습니다.

"힘만 세다고 좋은 게 아냐, 기술도 좋아야지."

그랬는데 머리가 좋음 된다네요.

'얘는 아직 어리군.'이라고 생각하며 혼자 웃었습니다. 근데 그러네요.

"나두 다 알아들었거든."

아, 안 어리구나.

집안일을 모두 도와주고 춘천으로 가서 전화 한 통 안하고 복귀하는 날에야 어슬렁어슬렁 나타나자 녀석 아빠가 삐쳐서 그러네요.

"나 이제 쟤 전화 안 받을 거야."

그러자 아들 녀석, 제 눈치를 봅니다.

"엄마도 나 나오면 안 반겨 줄 거야?"

"아니, 엄만 언제든 너 환영이야."

'다음 휴가 때 되면 벼 타작할 때거든.'이라는 소리는 안 했지만요, 양심상.

여자도 군대에 가 봐야 해!
- 남자도 애 낳아 봐야 해!

아들 바라기는 엄마만의 몫은 아닌 듯싶습니다. 지난 주말, 기다리고 기다리던 아들의 첫 외박 날. 아침 8시까지 데리러 오랬다고 지름길 찾아 멀미가 날 정도로 달리고 달려 연속 요철 세 개도 시속 60km로 우당탕하며 넘어가서 달려가면서 늦었다고 구시렁거려요. 그래 봤자 10분 정도 늦었는데 이 아버지는 엄청 늦은 것처럼 달려 대더군요. 군대 안 가본 사람은 면회 올 때 기다리는 심정을 모른다며 은근히 저를 원망하는 눈치입니다.

면회 신청하고 나오고 기다리는 동안에도 오로지 아들 나오는 방향으로만 시선은 고정되어 있더군요. 면회 신청 하고도 약 30분 정도 기다려야 하는데 자리에 앉지도 않고 몸과 눈은 오로지 아들이 나올 방향에만 두고 있습니다. 이런 걸 보고 '아들 바라기'라고 하는 거죠.

드디어 아들이 나온다고 소리쳐서 보니 저만큼서 선임과 함께 걸어 나오는 아들의 모습이 보이네요. 면회 요청하거나 외박 요청 시, 반드시 따라 나오는 선임들.

이번 선임은 꼼꼼하고 매사에 성실한 사람이라 웬만한 포상은 다 받았다네요. 아들 녀석, 선임의 휴가일 수를 세면서 은근히 부러워하는 눈치입니다.

녀석을 데리고 나오는데 위수 지역이라는 게 있어서 녀석의 부대가 속해 있는 지역에만 있어야지 다른 곳으로 가면 안 된답니다. 다행히도 녀석의 부대는 같은 지역이라 집으로 데리고 왔지요. 뭐가 먹고 싶었냐고 하니 닭갈비가 먹고 싶다네요, 그것도 숯불 닭갈비.

낮의 기온은 자그마치 35도. 꼭 여름과 겨울 최고점과 최저점을 찍는 우리 지역의 날씨인데 요즘 무덥기가 말도 못하네요. 그런데 아들이 먹고 싶다 하니 그 더운데 숯불을 피워 대령합니다.

닭갈비가 익어가는 동안 사진을 찍어서 가족 톡Talk방으로 올렸더니 딸이 막내 기말시험인데 집에 가고 싶게 잘하는 짓이라고 퉁주네요. 이번에도 두 부자가 만나자마자 행군 얘기며 사격 얘기며 군대 얘기로 나만 왕따시키네요. 사실 들어 보니 별것도 아닌 걸로 국가 기밀이며 보안이라고 자기네들끼리 신나서 떠들어 댑니다. 말 끝마다 여자도 군대 가 봐야 한다면서요.

막내 녀석 시험 끝나고 드디어 온 가족이 함께 모여 밥을 먹습니다. 그전에는 가족이 함께 한 밥상에 둘러앉아 밥을 먹을 수 있다는 게 얼마나 소중한지 잘 몰랐어요. 큰딸이 대학을 가고, 취직을 하고, 아들 녀석이 군대에 가고 명절이나 집안의 대소사 때에도 함께 모이기가 쉽지 않네요. 이렇게 아들 녀석이 외박을 나오거나 휴가를 나올 때에나 함께 모이게 되는 시간들……. 평상시에 몰랐던 가족의 함께하는 시간들이 매시간 새삼 소중하게 느껴집니다.

아들의 부대를 방문하여 식사를 하고 있다

밥 먹으면서 막내에게 물을 달라고 했더니 막내 녀석 두 손으로 "주세요." 하라고 시키네요.

이 녀석이 새로 들여온 강아지 훈련시킨다면서 강아지 훈련에 몰두하더니 엄마인 나까지도 완전 강아지 취급하네요. 해 달라는 대로 해 주면 잘했다고 머리를 쓰다듬고 턱 밑도 슬슬 긁어 줍니다. 제가 아들 녀석 장단에 맞추어 주려고 눈 깜빡깜빡하며 두 손 내밀고 "아잉, 주세욤." 했더니 이 모습을 처음 본 식구들이 모두 밥 먹다 말고 자지러지네요. 근데 예외가 있습니다. 언제나 분위기 안 타는 시크한 장남 녀석, 그 와중에 묵묵히 밥만 퍼먹자 딸내미가 갑자기 소리칩니다.

"야, 너 군대에서 하던 짓 하지 말랬지!"

뭔가 했더니 숟가락으로 김치를 집어먹고 있었습니다. 그러고 보니 모든 반찬을 숟가락으로 떠서 먹네요.

"왜 젓가락 안 써?"

제가 물었더니 딸아이가 대신 대답합니다.

"젓가락은 흉기래."

제가 이해가 안 가서 고개를 갸웃거리자 남편이 군대에서는 포크 숟가락을 준다고 하네요. 그러자 아들 녀석, 누나더러 퉁명스럽게 "젓가락이 흉기면 총은 왜 주냐?" 그러네요.

다들 "그러게." 그러면서 딸을 쳐다봤더니 딸 녀석 곰곰이 생각하다가 "밥 먹다 죽으면 억울하잖아."라고 대답하더군요. 그 소리에 다들 웃고 말았습니다.

말이라도 못하면 모르겠습니다. 하여튼 아이들이랑 있으면 재미나고 시간이 정말 잘 갑니다. '앞으로 장남 녀석 휴가 오거나 외박 나오면 숟가락으로만 먹거나 젓가락이 필요 없는 메뉴로 식단을 짜야 하나.'라고 순간 고민하기도 했네요.

가끔 아들과 이야기를 나눌 때면 군대에 다녀온 적이 없는 저는 소외되는 경우가 많습니다. 군대 용어도 잘 모르겠고 군대 문화도 잘 몰라서 이렇게 하나하나 물어보는 경우가 많습니다. 그나마 딸아이는 제 또래들이 한창 군대에 갔다 오는 나이라 남자 친구들을 만나 군대 문화에 대해 꽤 많이 듣는지라 그래도 저보다는 잘 알고 있습니다. 그래서 저도 인터넷에서 군대 얘기를 열심히 찾아 읽고 미리 공부 좀 하기도 했지요. 지난번엔 도대체 어느 나라 용어인가

했던 것들도 거의 알아듣고 질문도 지난번의 반의반 정도 알아들었습니다.

사실 병무청 블로그 어머니 기자단에 응모한 것도 아들에게 좀 더 가까이 다가가고 아들을 이해하고 싶어서기도 했지요. 다음 달이면 일병을 단다는 녀석. 나도 모르게 "벌써?"라는 말을 해 버렸네요. 엄청 서운한 눈치네요. 선임들로부터 일병 계급장도 여러 개 얻어 났다고 자랑입니다.

"그럼, 이병짜리 네 개 다 붙이면 병장이냐?" 했더니, "몽땅 다 붙이고 그냥 제대해 버릴까?" 하네요. 그러면서 이런 얘기도 해 줍니다.

이등별, 아무 것도 할 줄 몰라 별처럼 떠받듦을 받는다네요.

일등병(신)은 일만 하는 병신이고 상등병은 상병신이라고 합니다. 워낙에 잘 설쳐대서 실수도 많고 군대 생활에 조금 익숙해져서 사고도 잘 쳐서 그렇답니다. 장병은 병신 장애인이라고 합니다. 자기 손으로 하는 거 하나도 없고 밑에만 부리니 후임들이 은근히 욕한다네요.

녀석 아빠, 제대일 565일 남았다니깐 군 생활 12% 했답니다. 포털 사이트 네이버에 군 복무 계산하는 프로그램도 있다고 하네요. "세상 참 좋아졌네."라고 했더니 역시나 여자도 군대 가 봐야 한다고 두 부자 또 한목소리를 내네요. 이번에도 한마디 하려다 참았습니다.

"우씨, 남자도 애 낳아 봐야 한다니깐!"

아들의 군 입대로 인해 더 한층 풍성해지는 가족의 이야깃거리들 그리고 더욱 소중하게 느껴지는 가족들이 함께하는 시간입니다.

엄마,
저 유격 왕 먹었어요!

병장을 달기 일주일 전, 휴가를 나온 아들. 유난히 까맣게 그을린 얼굴, 그렇지만 어딘가 모르게 살짝 더 탄탄해진 듯도 싶은 그런 모습이었습니다. 제 얼굴을 보자마자 씨익 웃으며 내뱉는 첫마디가 "엄마, 나 유격 왕 먹었어!"입니다.

한동안 텔레비전에서 연예인들이 군부대에 입대하여 훈련받는 모습을 한창 방영하고 또 그 프로그램이 워낙 인기가 높은지라 남편과 함께 가끔 보곤 하는데 거기에 유격 훈련이 잠깐 나왔습니다. 직접 겪어 보진 않았지만 남편이 넋을 놓고 보면서 유격 훈련은 지옥 훈련이라는 둥 유격 훈련 견뎌 내면 이 세상 힘든 거 별로 없다는 둥 유격 훈련에 관해 이런저런 이야기를 하는지라 저도 조금은 그 훈련이 얼마나 힘든지 짐작했더랬습니다.

그런데 그 유격 훈련에서 유격 왕이 되었다니. 속으론 엄청 놀랐습니다. 아들이 새삼 다시 보이는 순간이었죠. 그리고 일단은 상을 탔다길래 무조건 축하한다고 칭찬해 줬습니다.

어렸을 때에는 그렇게 많이 타오던 상이었건만 고등학교 진학 이후엔 별로 없어 은근 서운했는데 어쩐 일인지 군대에 가서는 이런 저런 상을 곧잘 타오곤 합니다.

"야, 너 군대 체질인가 봐, 군대에 남을래?"

아들 녀석, 안 그래도 군대에 남으라는 권유를 받았다며 심각하게 고민 중이라네요.

어렸을 때 꿈이 군인이기도 했다면서……. 그렇지만 부대에서 전화 오면 절대로 군인 안 시킨다고 말해 달라고 하네요. 좀 더 고민해봐야 겠다고.

하여튼 나를 보자마자 신이 난 아들 녀석, 자기가 어떻게 유격 왕이 되었는지 그 과정을 세세하게도 말해줍니다.

아들에게서 듣는 유격 훈련의 모든 것. 여기에서 정리해 볼네요.

약 23개월의 군 생활 중 가장 기억에 남고 가장 힘든 훈련을 꼽으라면 거의 모두가 바로 4박 5일간의 유격 훈련을 꼽는다고 합니다. 모든 부대는 보통 6월에서 9월 사이에 유격 훈련을 실시한다고 하네요.

겨울에 추운 곳에서 텐트 치고 4박 5일 동안 야외에서 머무르는 혹한기 훈련을 한다면 여름에는 뜨거운 태양과 험난한 산악 등의 지형을 극복하는 유격 훈련을 하게 되는데 이 유격 훈련은 한마디로 "훈련의 꽃"이라 부를 정도로 군대 훈련의 최고봉이라네요. 유격 훈련은 게릴라전이나 위기 상황 시 생존력을 높이기 위해 받는 훈련이라고 합니다.

군대 생활의 꽃이라고도 부른다는 이 유격 훈련을 거치면서 우리의 아들들은 인내심을 기르고 도전정신을 기르며 전우애를 기르는 그야말로 진정한 대한의 사나이로 거듭난다고 하네요.

유격 훈련은 크게 세 가지로 나눈다고 합니다. 장애물 극복, 체력 향상, 그리고 행군.

유격 훈련의 시작과 끝은 완전군장 후 줄을 지어 걷는 약 25㎞에서 40㎞ 사이의 행군이랍니다. 완전군장이란 모포 침낭 전투화 포단(이불), 야삽, 반합, 전투복, 속옷, 양말, 판초의, 총, 방독면 등이 들어간 거의 20㎏ 정도 무게의 배낭을 메고 걷는 거라네요.

아침에 출발해서 도중에 점심을 먹고 훈련장에 도착해 입소식을 한 후에 숙소와 화장실, 샤워실을 만들고 PT체조를 하고, 체조 후 산악 훈련을 하게 되는데 기초1, 기초2, 기초3 단계가 있습니다.

기초 단계인 외줄타기에서는 "보고! 유격대 ○번 교육생 도하 준비 끝." 보고 후 줄을 잡고 건너는데, 하늘을 나는 새처럼 사뿐히 균형을 잡고 건너야 한다네요. 간혹 180도 뒤집히기도 하는데 이렇게 뒤집힌 것은 실패라고 합니다.

세줄 건너기도 있습니다. 제일 높은 곳은 지상에서 자그마치 70m 높이. "요건 좀 쉬워 보이는데?" 했다가 엄청 욕먹었습니다. 여자도 군대 가 봐야 된다는 소릴 또 들었습니다. 그리고 역시 기초 단계인 다리 건너기와 하강 훈련이 있는데, 이 하강 훈련은 산악 훈련에서 많이 한다네요. 일명 산악 하강 "이것도 별로 안 어려울 듯싶은데?" 했다가 또 욕먹었습니다. 지상에서 12m 높이라고.

"매달려 있으면 엄청 무서워!" 그러네요. 브릿지 컨스트럭션이라는 것도 있는데, 일명 다리 건축(?) 두 명씩 짝을 지어 새로운 다리를 구축하고 건너가는 훈련이랍니다.

판때기 세 개를 옮겨 가며 새로운 다리를 만들고 건너는데 철교 폭파 시나 다리가 끊어진 곳에서 실제 요긴한 훈련이라고 합니다.

브릿지 컨스트럭션과 함께 역시 기초 단계인 일자 다리 건너기. 일명 통나무 건너기. 중심과 균형을 잘 잡아야 한다네요. 산악 훈련으로 하는 것 중에는 인공 암벽 등반도 있는데 우리가 흔히 하는 스포츠 클라이밍 같습니다.

"이거 재미있겠다." 했더니 역시나 고개 설레설레. 보호 장치가 없어서 떨어지면 끝이랍니다. 참호 격투란 것도 있는데 구덩이를 넓게 파고 물을 채워서 그 속에 들어가 씨름하는 거네요. 흙탕물을 뒤집어쓴 모습을 보니 마음이 좀 그런데 정작 부대원들은 재미있어서 쉬어 가는 코스라 부른답니다.

화생방 훈련도 한다고 합니다. 복지부동 자세를 취하는데 양손으로 귀를 막고 바닥에 넙죽 엎드리는 것. 핵이 터졌을 때(핵 상황 시) 내장 파열 안 되게 엉덩이 들고 귀를 막고 소리를 지른다는데, 아들 녀석, 시크하게 한마디 덧붙입니다.

"근데 핵 터지면 다 죽어."

생존법을 배우는 화생방 훈련은 방독면을 벗고 나오기도 하고 정화통을 갈아 끼우는 연습을 하기도 하는데 일종의 가스 실습. 이 화생방 실습은 학교 다닐 때 저도 해 봐서 얼마나 고통스러운지 잘 압니다.

이밖에도 트러스트 폴이라 해서 전우들끼리 뒤로 양팔을 끼고 넘어가면 받아 주는 훈련인데 일명 전우에 대한 믿음을 키워 주는 훈련이고, 엥카라고 줄 달고 매달려서 점프하여 강 건너는 것 등 약 20여 가지가 되는데 하루에 5~6개씩 코스를 탄다고 합니다. 매일매일 다른 이 모든 과정들을 돌아가면서 한다네요.

훈련 사이사이에 PT체조를 수시로 진행하는데 어쨌든 모든 훈련의 기본은 경험을 쌓는 거랍니다. 이 모든 과정을 마치고 부대로 복귀하는데 복귀 행군의 꽃은 거의 40㎞ 정도의 행군. '이제 다 왔구나.'라고 안심하고 있는데 여단 앞에 왔다가 다른 쪽으로 다시 돌아가는 바람에 살짝 열 받기도 했다네요. 아들 녀석, 한참 설명하더니 그럽니다.

"혹한기는 '제발 살고 싶다!'라면 유격은 '차라리 죽고 싶다.'라는 기분이 들어. 이거 다 하고 나면 힘들지만 정말 뿌듯해. 근데 너무 많아서 기억 못 해. 인터넷에 유격 검색해 봐.

정말 시크한 아들 녀석. 그래도 이정도 설명해 준 것만 해도 엄청 배려한 거네요. 유격 왕 아들 덕분에 군대 유격 훈련에 대해 자세히 배울 수 있는 기회였습니다.

　어제는 아들 녀석의 생일, 부대에서 생일 케이크로 축하도 받았고 오늘부터 다시 장기 훈련 들어간답니다. 이제 99일 남았다고 날짜 헤아리는 녀석. 무사히 훈련 잘 다녀와서 지금보다 더 씩씩한 대한민국의 사내가 되길 기원해 봅니다.

물어봅시다

- 류자

뭐 좀 물어봅시다
뜬금없는 사랑 고백
그런 건 왜 하는 거요
휴식이 필요한
목요일의 늦은 오후처럼
불현듯 생각나는 오늘

툭 던져 밀려오는
보고 싶다 보고 싶다
사랑한다 사랑한다

수많은 고백 속에서
나 좀 꺼내 주구려
가슴이 애리단 말이오

목소리는 환청이 되어
아들의 고백이
귓전을 울린단 말이오

약력

대한적십자사 부천지구 인애봉사 회장 역임 (2년) / 대한적십자사 부천지구 나래별봉사 회장 역임 (2년) / 대한적십자사 부천지구 홍보 기자 역임 (3년 6개월) / 부천시 복사골 기자단 회장 역임 (2013) / 여월 3단지 부녀회장 역임 (3년) / 부천시 새마을문고 이사 역임 (3년) / 성곡동 참여 예산제 부위원장 역임 (2014) / 법무부 법사랑 오정지구 위원 재임 중 (2011~) / 부천시 오정구 여성 예비군 재임 중 (2013~) / 부천시 새마을 부녀회 성곡동 회장 재임 중 (2013~) / 문화체육관광부 정책브리핑 정책기자 재임 중 (2015~) / 병무청 블로그 청춘예찬기자 재임 중 (2013~) / 국방기술품질원 어머니 장병급식 모니터링단 (2014~)

수상

대한적십자사 봉사 활동 7000시간, 1만시간상 표창, 경기도 명예의 전당 등록 (2008)

대한적십자사 중앙회장상, 경기도지사회장상, 경기도 우수 홍보 기자상 표창 (2008)

부천시 제11회 독서경진대회 사랑의 편지 쓰기 대상 (2011)

복사골 기자 부천시정 홍보 공로 표창 (2013)

한국환경공단 이사장상 표창 (2011)

농촌진흥청 블로그 농진청장상 표창 (2014)

병무청 청춘예찬 블로그 병무청장상 표창 (2014)

방위사업청 제1기 어머니 장병급식 모니터링단 최우수상 (2014)

국방부 국군 감동 스토리 공모 장려상 (2014)

세계군인체육대회 블로그 최우수 유닛 팀 기자상 (2015)

법무부 법사랑 중앙회장상 표창 (2015)

문화체육관광부 장관상 표창 (2016), 독립기념관 사진 공모전 입상(2016)

2016년도 대한민국 병역명문가 선정

이메일: woory10@hanmail.net

카 페: http://cafe.daum.net/rcvbc

블로그: http://blog.daum.net/6784552

페이스북: https://www.facebook.com/hobakcho

PART 5

조우옥 어머니 기자

대한의 아들을 사랑하는 마음으로
28 청춘이 되어

　나라를 지키기 위해 청춘을 바치는 대한의 용사들이 자랑스럽다. 전방을 지키는 국군 장병들의 피와 땀으로 후방의 국민들이 오늘도 편안한 안식처에서 행복한 삶을 이어 가고 있다. 아들을 군에 보내고 나라 사랑 애국심에 푹 빠진 어머니 기자로 홍보 활동에 앞장서다 보니 병무청장상도 받고, 대한민국 정책기자단에서 문화체육관광부 장관상을 수상하는 영광을 얻었다. 최정애 기자의 뜨거운 열정을 이어받으며 대한민국 정책기자단 에디터 정미선, 황희창 사무관의 지도하에 영광의 자리에 올랐다. 늘 변함없는 마음으로 선두에서 필자를 인도해 준 최 기자의 우정을 가슴깊이 새긴다. 아들을 군에 보낸 7명의 어머니들이 한데 뭉쳤다. 국군 장병들을 홍보하기 위해 펼쳐 왔던 지난 3년 동안의 추억을 가슴에 되새기며 발자취를 남기고자 책을 발간하게 됐다. 올해는 개인적으로 친정어머니가 탄생 100주년을 맞이하게 된 해라서 더욱 뜻깊은 한 해가 될 것 같다. 평생을 이웃 사랑, 봉사 활동에 앞장서 왔던 필자의 인생에 더없이 행복한 한 해로 힘차게 출발하는 마음이다.

천안함 46 용사 5주기 추모식에서
(정책브리핑 2015년 3월 26일)

"천안함 46 용사들의 비석을 닦으며 흐르는 눈물을 주체할 수 없었어요. 용사들과 똑같이 부사관으로 있는 내 아들을 생각하면 자식을 앞세운 부모 가슴이 얼마나 찢어질까. 사랑하는 아들을 볼 수 없다고 생각하니 숨통이 막혀 실신할 정도로 슬픈 마음이 들어요. 청춘의 꽃봉오리가 피어나기도 전에 차디찬 바닷물로 사라졌으니 부모의 애절한 마음은 천 갈래 만 갈래 찢어질 것 같아요. 두 번 다시는 이런 참사가 발생하지 않아야 되겠어요. 그러기 위해서는 우리나라를 더욱 강한 나라로 지켜 가야 합니다."

3년 전 모 방송 매체에 인터뷰를 했던 필자는 천안함 용사들의 비석을 닦으며 하염없이 눈물을 흘렸다. 천안함 용사들을 추모하기 위해 3년째 현충원을 찾은 필자는 두 아들을 군에 보내고 노심초사 걱정하며 뜬눈으로 밤을 지새우는 날이 많았다. 애국심에 여성 예비군에 자원입대하기도 했다. 아들은 전방에서 나라를 지키고 엄마는 후방에서 지역 안보에 앞장서고자 솔선수범 팔을 걷어붙였던 것. 내 마음이 이럴진대 아들 같은 천안함 46 용사들을 어떻게 외면할 수 있으랴. 그래서 제5주기 추모 기간을 맞아 올해도 어김없이 경건한 마음으로 대전 현충원을 찾았다.

〈다음은 시민들이 쓴 추모 엽서 내용〉

"천안함 46 용사, 그대들의 숭고한 희생은 결코 잊히지 않을 것입니다.", "조국을 위해 산화하신 영령들을 영원히 가슴 속에 간직하겠습니다.", "우리를 위해 바다를 지키다 순국하신 해군 용사님들 꼭 기억하겠습니다.", "가슴이 찡하네요. 그대들의 희생 평생 보답하겠습니다.", "천안함 용사들의 비석을 닦으며 흐르는 눈물을 주체할 수 없었습니다.", "부디 좋은 곳으로 가시길 빌겠습니다.", "나라를 위해 바친 숭고한 죽음, 길이 남기를…….", "미안합니다. 고맙습니다. 잊지 않겠습니다.", "함께한 오늘 그대가 영웅입니다."

필자는 이날 천안함 46 용사를 비롯해 대한민국 5천 년의 유구한 역사와 후손들의 미래를 지키기 위해 산화한 수많은 호국 영령들을 위해 경건한 마음으로 묵념을 올렸다. 나라를 지키기 위해 청춘을 불사르며 장렬하게 전사한 영령들의 희생이 없었다면 우리가 지금 누리고 있는 자유와 평화 역시 없었을 것이다. 고귀한 목숨을 바친 호국 영령들에게 진정으로 고마운 마음을 잊지 않고 가슴에 새겨야겠다고 다짐했다.

천안함 용사 5주기 추모 사진전을 돌아보며 눈물을 흘리는 시민들도 보였다. 자식을 보낸 어미의 애절한 마음은 이 세상 그 어떤 대가로도 보상받을 수 없을 것이다. 그들의 희생을 잊지 않고 기억하며 굳건하게 나라를 지켜 가는 것만이 호국 영령을 위로하는 길일 것이다.

천안함 46 용사 5주년 추모 기념식에서

천안함 46용사들의 몸은 사라졌어도 그 혼과 뜻은 후손들의 가슴
에 영원히 남을 것이리라.

헌혈에 앞장서는 젊은 청춘들에게 감사한 마음을 전하며

대한적십자사 춘천 혈액원 유성렬 원장을 만났다. 헌혈에 대하여
궁금한 사항을 들어 봤다.

조우옥 어머니 기자: 청춘들이 헌혈을 해야 하는 이유는 무엇 때문인
가요?

유성렬 원장: 헌혈은 어떤 물질로 만드는 것이 아니고 오로지 인간의
신체에서 채취해야 됩니다. 노인 장수 시대에서 인구 대비 더 많은

혈액을 필요로 하죠. 헌혈할 수 있는 조건의 사람들이 아무래도 젊은 청춘들이기 때문이겠죠. 헌혈자가 건강해야 병약한 수혈자들이 건강하게 회복할 수 있는 조건이 되기 때문입니다. 헌혈할 수 있다는 것은 건강하다는 증표가 되기도 하죠. 청춘 시절 건강할 때 헌혈을 해서 건강을 저축한다는 의미도 있지요.

조우옥 어머니 기자: 청춘들이 헌혈을 제공함으로써 연간 생명을 구할 수 있는 인원은 몇 명이나 될까요?

유성렬 원장: 군인들과 학생들이 헌혈에 동참하는 비율이 높습니다. 아주 큰 봉사 활동이라서 늘 감사한 마음이죠. 1년간 혈액을 필요로 하는 환자들이 280만 명 정도 되는데 위에 있는 수만큼의 소중한 생명들을 구한다고 봐야겠죠. 현재는 부족한 상태라서 혈액을 수입하고 있어요. 대략 300만 명 정도 분량을 비축한다면 자급자족을 할 수 있어요. 선진국에서는 자국민 대비 6% 대를 유지하고 있어요. 우리는 현실적으로 조금 더 많은 인원이 헌혈에 동참해야 된다는 결론이죠.

조우옥 어머니 기자: 청춘들이 헌혈하는 비율은 어떻게 되나요?

유성렬 원장: 청춘들이 헌혈하는 비율은 전체 헌혈자의 60% 이상입니다. 한 번이라도 참여해 본 사람이 또 다시 참여하는 편이죠. 혈장은 의학 약품으로 사용되는데 부족해서 수입을 많이 하고 있어요.

조우옥 어머니 기자: 헌혈 시 주의할 사항은 어떤 점이 있을까요?

유성렬 원장: 헌혈하기 전에 담당 간호사가 문진을 해요. 헌혈자가 어떤 질병으로 약을 복용하고 있는지를 정확하게 기록해야 됩니다. 그리고 어린 학생들은 나이가 만 16세 이상 생일이 지나야 헌혈할

유성렬 원장과 함께

수 있어요. 몸무게는 여자 45kg 이상, 남자 50kg 이상이라야 헌혈
을 할 수 있고요. 헌혈하기 1년 이전에 해외여행을 다녀온 자도 지
역에 따라 분류되어 결정된답니다. 해외에서 발생하는 각종 바이러
스 전파를 막기 위함이죠. 또한 헌혈을 실시한 후 2개월이 넘어야
다시 헌혈을 할 수 있어요.

조우옥 어머니 기자: 헌혈에 동참하는 청춘들에게 전하고 싶은 말이
있다면요?

유성렬 원장: 청춘들의 깨끗한 혈액이 필요해요. 담배나 각종 유해
물질에 노출되지 않은 젊은이들의 신선한 혈액이 더 좋죠. 군부대,
학생들, 청춘들이 자발적으로 참여하여 우리나라 혈액 수급에 대들
보 역할을 해 줘서 고맙지요. 예전에는 군부대에서 연 1회 정도 헌
혈을 해 왔는데 차츰 비율이 높아져서 연 4회를 실시하는 곳도 있어

요. 전혈(몸무게 기준에 따라서 320cc~400cc 채취함)은 1년에 5회를 실시해도 가능해요. 소중한 생명을 살리는 데 앞장서는 청춘들이 대견하고 자랑스러워요. 헌혈에 동참하는 청춘들에게 진심으로 감사한 마음을 전합니다.

한편 여성의 몸으로 17년 동안 헌혈을 110회 이상 실시해 온 이지연 천사도 자랑스럽게 보였다. 경상도 김해시에 거주하는 이지연 씨는 98년부터 지금까지 110회를 넘게 꾸준히 헌혈에 동참해 오고 있다. 그녀는 헌혈하기 위하여 건강관리를 철저히 유지해 오고 있다. 건장한 남자들이 대부분인데 여자의 몸으로 헌혈에 앞장서는 그녀는 사랑의 천사였다. 너무나 많은 횟수의 헌혈에 앞장서다 보니 양쪽 팔 혈관에 영광의 상처가 나서 딱딱하게 굳어 있었다. 소중한 생명을 살리기 위하여 헌혈에 앞장서는 천사들의 사랑 나눔이 아름답게 보였다.

40년 동기 사랑 아직도 그 시절이 그리워!

70년대 군대 시절 36개월 동고동락하며 나라를 지키던 공군 제1전투비행단 시설대대 소속 15명의 동기들이 모였다. 전국 각지에 흩어져 생활하고 있는지라 40여 년 동안 분기별로 정모를 해 온 이들은 만나면 반가움에 서로의 손을 잡고 한바탕 난리 법석이다. 새까만 머릿결에 희끗거리는 서릿발이 내려도 마음은 28 청춘 순수 청년이 되어 그 시절 가슴에 남아 있던 추억의 실타래를 풀어 놓는다.

"아따, 마! 그 시절에 함께 근무했던 요기 요(심건웅) 선배랑 나(김대수)는 말유. 매일 밤마다 무진장 치고 박고 하는 사이였어유." 동참했던 동기들이 귀를 쫑긋거리며 집중했다. "나는 219기인데 212기인 심건웅 선배한테 낮에는 쪽도 못 썼시유, 졸병인 게 꼬랑내가 물씬 풍기는 양말을 3년 동안 빨아 다 바쳤쥬. 약이 올라서 밤에는 한 살 아래인 선배를 어깨에 둘러메치기도 하고 때리기도 하고 분풀이를 마구 해댔어유." 눈을 휘둥그레 뜨며 다들 깜짝 놀라 어떻게 그런 일이 있느냐고 물었다.

필자가 "선배가 힘이 약해서 봉변을 당했느냐?"고 묻자 "아유 천만에유. 당시 심 선배는 태권도 사범 출신이었어유. 요즘 쉽게 말하면 하극상이라 영창감인데 심 선배가 예쁘게 봐줘서 고마운 거쥬. 공군 아파트 지원 관리를 하면서 파견 근무를 하던 중 단둘이 거주하게 되어 낮에는 깍듯하게 선배로 대우를 했지만 저녁에는 형제처럼 스스럼없이 지내게 된 것이쥬. 이제부터는 내 양말 빨아줘야 된당게유."라는 말에 심 선배는 빙그레 웃으며 고개를 끄덕였다.

"그땐 그랬지. 기분 나쁘면 한바탕 휘어잡아 뒹굴고, 메다꽂고, 그런 마음을 이해했던 거지. 그래서 지금도 남들보다 더 정이 가는 거여!"라며 잔잔한 미소를 보낸다. 힘들던 시절을 함께 버텨 온 동기들의 뜨거운 우정이 녹아나는 대화였다.

김대수 씨는 지금도 잊지 못할 고마운 사람이 생각난다고……. 그 당시 대대장으로 있던 이용진 중령의 따뜻한 전우애를 가슴 깊이 간직하고 있다고 했다.

"힘든 시절에 이용진 대대장님이 감싸 안아 주고 용기를 주셔서 무사히 잘 넘기게 됐어요. 제대하면 사회에 나가서 모범적인 생활을 하며 잘 살라고 했던 말씀을 가슴에 새기고 있어요. 늘 고마운 마음을 간직하며 그분을 평생 잊지 못하고 있어요. 지금 그분이 생존해 계시는지, 생존해 계신다면 한번 만나 보고 싶어요."라며 눈시울을 붉혔다.

모임의 수장 역할을 하고 있는 왕고참 김대식 씨는 키가 작아서 '똥자루'라는 별명이 붙여졌다고 한다. 군인 체질로 장교가 되고 싶었는데 마지막 관문인 면접에서 키가 작아 불합격으로 떨어졌다는 김대식 씨. 시험을 보고 마지막 교육관 종합 훈련에서 인원이 미달되어 다시 한 번 기회가 찾아왔다고 한다. '과거에 사회에서 웅변했던 사람 나와서 솜씨를 발휘해 보라.'는 안내를 듣고 한걸음에 달려가 멋지게 웅변을 발표해서 공군으로 합격되었다고 한다. 야구에서 던지기와 달리기를 잘했던 김 씨는 다부진 체격으로 군 생활을 성실하게 임했다고 한다. 영어 사전을 항상 뒷주머니에 차고 다니며 근처 미군 부대 군인들과 업무상 통역을 도맡아 모든 사병들에게 부러움의 대상이 되기도 했다. 지금은 자녀들 또한 사회 저명인사로 키워 내 존경의 대상으로 주목을 받고 있다.

김대우 씨는 발전기 냉동 보일러 만능 기술자로서 부대 곳곳을 살피는 역할을 담당했다고 한다. 공군 부대를 비롯하여 미군 부대까지도 김 씨의 손길이 미치지 않은 곳이 없을 정도라서 인기 짱이었다고 한다. 김 씨는 현재 대한적십자사 화성 지구 봉사원으로 10여 년간 활동해 오고 있다. 그는 홀몸 어르신들과 장애우들을 위로하며 따뜻한 보살핌으로 사랑을 나눠 오고 있다. 또한 편부, 편모, 가정 내 도움의 손길이 필요한 청소년들에게 사랑의 장학금을 나눠 주기도 했다. 태풍 수해 발생 시에는 전국을 돌아보며 봉사 활동에 적극 동참하여 아름다운 사랑 나눔을 실천해 오고 있다.

군 생활을 마치고 사회에 나와서 자기 분야에 맞게 성실하게 생활하고 있는 동기들의 우정이 아름답다. 각자의 자리에서 멋진 인생을 영위하고 있다. 공군의 위상을 가슴에 새기며 낯부끄럽지 않게 살아가는 모습이 자랑스럽게 보였다. 파이팅을 외치는 순수 청년들의 가슴이 아직도 그 시절을 그리워하며 뜨겁게 타오르고 있었다.

병역명문가
위대한 가문들을 만나다

요즘 방송 매체에서 군 복무에 대한 시비가 자주 회자되고 있다. 큰 인물이 되고자 한다면 병역의무를 성실히 마쳐야 하는 것이 통과의례처럼 자리매김을 하고 있다. 나라를 버리고 해외로 나간 매국노들이 부모의 핏줄을 그리며 회한의 눈물을 흘리기도 한다. 아무리 세월이 흐른다 해도 부모와 조국을 버리는 파렴치한 자들을 그냥 용서하고 넘겨서는 절대로 안 될 것이다. 2016년도에 필자의 가족도 자랑스러운 병역명문가로 선정되어 가문의 영광을 얻게 돼 기쁜 마음이다. 조부, 부, 자 3대가 성실하게 병역을 이행한 자랑스러운 병역명문가들에게 뜨거운 격려를 보내는 마음이다.

명문가 수상 가문 백 씨는 "제가 눈이 나빠서 하마터면 군대를 못갈 뻔 했어요. 신검을 받았는데 방위로 떨어진다고 했어요. 우리 집안에서 방위는 용납이 안 되거든요. 억지로 우겨서 간신히 군 입대를 하게 됐어요. 그때 그냥 포기했다면 명문가로 선정되지 못했을 겁니다. 명문가로 선정되고 보니 우리나라에 애국자가 많다는 것을 깨닫게 됐어요. 명문가로 수상 받은 가문들이 대단히 존경스러워요. 명예로운 가문이 대우받는 세상이 되어야 합니다. 우리 가족은 벌써 4대째 군 입대를 하고 있어요."라고 했다.

명문가 수상 가문 유 씨는 "요즘 젊은이들도 앞으로 더욱 확실한 국가관과 안보 의식을 갖고 애국정신을 더 길러야 된다고 봅니다. 지난날의 역사를 제대로 배워 가야 할 것입니다. 지금 북한에서는 호시탐탐 우리나라를 위협하고 있죠. 안보가 위태로울 때 군 입대를 기피하는 젊은이들이 간혹 있는데 자기 행복과 생명을 지키는데 본인 스스로 지켜야지 누구에게 떠넘긴다는 것은 말도 안 됩니다. 내 부모, 형제들을 위해 우리나라 국가 안보를 위해 마땅히 군복무를 성실하게 마쳐야 된다고 생각합니다. 이 나라를 지키고자 목숨 바친 선대들의 희생으로 지금 우리가 평화롭게 살아왔죠. 이제는 젊은 세대들이 나서서 나라를 지키는 주인이 돼야죠. 그것은 말로만 해서는 안 되고 실천으로써 국방의 의무를 반드시 실행해야만 지켜질 수 있습니다."라고 말했다.

명문가 수상 가문 안 씨는 "15년 올해 처음으로 청와대 초청으로 축하를 받아서 더 큰 자부심이 느껴집니다. 명문가에 대해 국가적인 차원에서 앞으로도 지속적인 관리가 절실히 필요하다고 생각합니다. 요즘 젊은이들에게 해 주고 싶은 말은 군대를 다녀오는 것이 인생을 살아가는 데 주춧돌 역할을 해 준다고 봅니다. 주어진 군 복무의 의무를 제대로 이행하지 못한 인물들은 사회에서 큰일을 못한다고 보기 때문이죠. 보다 큰 꿈과 야망을 지닌 청춘이라면 반드시 군 복무를 성실하게 마치는 것이 꿈을 이루는 데 필요할 것입니다. 나라를 지키기 위해 3대가 성실히 의무를 이행한 가문으로서 당당하게 어깨를 펴고 살 수 있게 되어 더 큰 애국심이 생기는 것 같습니다."라고 했다.

사)대한민국병역명문가 창립 4주년 기념 및 회장단 이·취임식에 다녀오다

"우리 모두 병역의무를 충실히 이행하여 국가를 사랑하고 통일의 기반을 다지자!"

사)대한민국병역명문가회에서 추구하는 이념이다. 병역명문가는 2004년부터 현재까지 전국에서 2,871(13,953명)가문이 선정됐다. 병역명문가에 선정된 가문들은 남다른 자부심으로 나라 사랑에 뜨거운 애국심을 가슴에 품고 있다. 병역명문가 중앙회 회원들은 대한민국을 사랑하는 애국정신을 바탕으로 공정한 병역의무 이행이 사회 저변에 확고히 자리할 수 있도록 선도적 역할에 앞장서고 있다.

사)대한민국병역명문가회 중앙회를 창립하여 지난 4년 동안 수고한 허재도 이임 회장은 "성실한 병역 이행으로 국가를 위해 헌신한 가문들이 모여서 2011년 9월에 창립했다. 2012년 10월 병무청으로부터 사회단체 법인 설립을 허가 받아 '병역명문가의 진정한 대변자'라는 역할로 역동적인 병역명문가상의 실현을 위해 힘써 왔다.

병무청과 연계한 홍보 활동을 통해 병역명문가 가문의 위상을 높이고 주요 현안을 해결하고자 최선의 노력을 기울였다. '병역명문가 예우 및 지원에 관한 조례'가 전국 광역 단체와 기초 단체 여러 곳에서 제정하여 실행하고 있어 큰 보람으로 느껴진다. 차후 바람이 있다면 병역명문 가문의 선정과 시상은 병무청에서 주관하고 선양 사업과 인적 관리는 국가보훈처로 이관하도록 하는 법 제정을 해서 사)대한민국병역명문가회가 공법 단체로 승격되어야 한다고 생각한다."라고 말했다.

병역명문가 회장단 이·취임식에서

신임 회장은 "나라의 번영은 삶의 질 문제이지만 안보는 생사의 문제이다. 특히 최근에도 북한이 목함지뢰 사건을 일으키는 등 남북이 대처하고 있는 세계 유일의 분단국가인 우리나라에서 국방의 의무는 안보와 직결된 민족 생존의 최우선적인 과제이다. 사)대한민국병역명문가회는 정의로운 병역의무 이행을 명예롭고 자랑스러운 가치로 변화시키기 위해 병역 이행에 따른 정책 대안 연구와 홍보 및 다양한 사회봉사 활동을 실시하고 병역명문가의 복지 정책 연구 및 토론회를 개최함으로써 국민들과의 소통을 지속적으로 전개할 것이다. 선진국일수록 사회로부터 정당한 대접을 받기 위해서는 자신이 누리는 명예만큼 의무를 중요시 하고 있는 것을 알 수 있다. 향후에도 병역명문가 선양 사업이 더욱 활성화되어 우리 사회 전반에 노블레스 오블리주 정신이 정착되기를 진심으로 기원하며 사)대한민국병역명문가 회장으로서 그 역할을 다할 것을 여러분 앞에 약속드린다."고 말했다.

2015 병역명문가 시상식에 특별한 기록들을 살펴보니 군 복무 최다 인원, 최장 복무 기간, 청와대 초청 등 지난해보다 놀라운 변화가 있었다. 아직도 병역명문가에 대해 제대로 인식하지 못한 가문들을 찾아서 명문가 반열에 오를 수 있도록 홍보 활동에 앞장서야겠다. 자유와 평화를 지키기 위해 국방의 의무를 성실하게 이행한 명문가가 우대받는 사회를 만들어 가기 위해 힘차게 달려갈 것이다.

여성 예비군의 활약으로
뜨거운 애국심을 다지고

예비군 훈련, 천안함 안보 견학,
모범 예비군, 우승기 휘날리며

"부천시 여전사들이 가는 길 그 누가 막을 소냐! 충성!"

부천시 여성 예비군이 한자리에 집합했다. 황주원 오정구 예비군 지역 대장과 김재열 오정구 여성 예비군 동대장의 지휘 아래 지역 안보 지킴이로 훈련을 받기 위함이다.

무적의 여전사들이 서바이벌 소송으로 사격 연습에 임했다. 지난번 M16 소총을 쐈던 훈련에서 탁월한 실력을 인정받았던 실력으로 조준하며 멋지게 사격 솜씨를 뽐냈다. 부천시 여전사들의 열정이 대단했다. 비상시를 대비하여 훈련에 임하는 모범 자세가 돋보였다.

과학화 훈련으로 달라지고 있는 대한민국 미래 예비군에 대한 교육을 받았다. 미래의 예비군은 훈련 코스를 참가자 스스로 직접 선택하여 받을 수 있다. 철저한 훈련에 동참하여 합격한 자는 조기 퇴

소도 가능해졌다.

응급처치 환자를 위한 심폐 소생술과 구조 호흡에 대한 처치 방법도 실습했다. 독가스 살포를 대비하여 화생방 훈련으로 방독면 착용법도 배웠다. 여전사들에게 교육을 시키고 훈련을 시킴으로써 비상사태 시 신속하게 처리할 수 있는 능력을 기르고자 함이다. 서바이벌 훈련으로 적군의 소탕 작전을 펼치는 데 동참하기도 했다. 도시지역의 안전을 대비하여 실제 건축물과 똑같은 모형으로 설치하여 비상시 대비 훈련을 받은 것이다.

여성 예비군들은 다양한 활동으로 모범 예비군이 되고자 노력을 아끼지 않았다. 그들은 국가 안보의 소중함을 일깨우고자 제3 땅굴과 통일 전망대, 천안함으로 안보 견학을 다녀왔다. 눈 내리는 겨울에도 국화꽃을 들고 용사들의 위령탑을 찾아가서 묵념을 올리기도 했다. 6 · 25 참전 유공자들을 위해서는 축하의 꽃다발을 선사하며 위로를 해 드렸다. 장애인 탁구 대회에서는 급식 봉사를 실시하며 지역 사랑 나눔에 앞장섰다. 저소득 독거노인들을 위해서는 떡과

과일, 음료 등을 챙겨서 잔치 한마당을 개최하여 따뜻한 사랑을 나누기도 했다. 또한 일일 찻집을 개최하여 모친이 없는 장병들에게 구호미와 라면, 겨울 김장 김치를 담아 전달해 주기도 했다. 타 지역 여성 예비군들과 체육대회를 개최하여 당당하게 우승기를 거머쥐며 뜨거운 활약을 펼쳤다. 여성 예비군의 활약으로 뜨거운 애국심을 다지게 됐다. 평화를 지키는 힘! 스스로 일어나 앞장서자! 대한민국 국군! 대한민국 예비군! 우리는 하나!

국방 TV의 주인공으로
화생방 훈련을 받다

나라를 지키기 위하여 훈련에 앞장서는
대한의 용사들을 격려하며

정예 육군의 요람 양주 무적 태풍부대 신병교육대대를 찾았다. 이곳에서 진정한 대한의 사나이가 만들어진다고 생각하니 애국심이 팍팍 생겼다. 뜨거운 여름날 대한의 아들들이 화생방 훈련을 받느라 고생하는 모습을 담았다. 28 청춘 어머니 기자도 대한의 용사들과 함께 손을 잡고 화생방 훈련을 당당하게 받았다. 대한의 용사로 거듭나기 위하여 어려운 과정을 성실하게 이겨낸 훈련병 모두에게 뜨거운 격려의 박수를 보내는 마음이다.

조우옥 어머니 기자: 이제부터 받게 될 화생방 훈련에 대하여 간단하게 소개를 해 주세요.

훈련 조교: 화생방이란 화학, 생물, 방사능을 아울러 이르는 말입니다. 화생방전이 발생하면 주변 공기가 오염되기 때문에 가스에 노

출되면 아무것도 할 수 없고 순식간에 생명을 잃게 됩니다. 방사능에 오염되어 살아남는다 해도 대대로 유전되는 무서운 물질입니다. 유사시 자신의 목숨을 보호받고 주변의 안전을 위해 신속하게 대처할 수 있는 임무 수행을 위하여 화생방 훈련을 받는 것입니다. 방독면을 착용하는 방법으로는 "가스-써-검사-닫아-벗어-넣어" 6개 구령 착용 법에 의하여 훈련을 받습니다.

조우옥 어머니 기자: 만약 훈련 도중에 포기하고 뛰쳐나오면 어떻게 되나요?

훈련 조교: 도중에 포기한 자는 다음 기회에 다시 훈련을 받습니다. 화생방 훈련실에 들어가기 전에 일단 훈련병들의 안전을 위하여 꼭 들어갈 수 없는 사유가 있는 훈련병은 열외 시킵니다. 요즈음은 훈련병들의 안전에 최우선을 두기 때문에 날씨가 29.5도가 넘어가면 야외훈련을 금지하고 있습니다.

조우옥 어머니 기자: 방독면을 쓰고 나서 공기 오염 배출 확인은 왜 하나요?

훈련 조교: 방독면 안쪽 음성 배기판에 오염된 공기가 남아 있을 것을 대비하여 후후 불어 밖으로 배출을 하는 것입니다. 왼손으로 정화통을 막고 숨을 쉬어 보면 숨을 쉴 수가 없습니다. 정화통으로 오염 물질을 걸러서 산소가 유입되기 때문입니다. 안에서 밖으로 불어 내는 것은 가능합니다.

조우옥 어머니 기자: 방독면을 착용할 때 무릎을 땅에 대지 않는 이유는 뭔가요?

훈련 조교: 화생방전에서는 주변 바닥이 오염되어있기 때문에 소지

한 모든 군용 물품들을 땅에 내려놓으면 안 됩니다. 한쪽 무릎을 세워서 그 위에 방탄모를 얹어 놓고 방독면을 쓰고 나서 그 위에 써야 됩니다.

조우옥 어머니 기자: 화생방 훈련이 끝나고 밖으로 나오면 엄청나게 고통스럽다고 하는데 어떻게 대처를 해야 되나요?

훈련 조교: 더운 여름날이라도 맨살에 접하지 않게 해야 합니다. 훈련을 마치고 나면 따갑다고 얼굴을 비비면 절대 안 됩니다. 양팔을 벌리고 위아래로 털어 주며 바람을 쏘여 주면 날아갑니다. 손을 대지 말고 흐르는 물에 눈을 씻어 주어야 됩니다.

훈련 조교에게 상세한 설명을 듣고 필자도 대한의 아들과 함께 씩씩하게 훈련에 임했다. 교관의 명령에 따라 정화통을 풀어서 머리 위에 얹었다. 숨을 참으며 기다렸다. 시간이 흐르면서 숨이 차고 가스가 들어왔다. 날숨을 불어 내며 정화통을 닫으려 해도 제대로 닫히지 않았다. 목과 코가 따끔거리며 숨을 쉬기가 고통스러워졌다. 침착하게 정신을 차려야 한다는 생각이었지만 신속하게 처신하기가 어려웠다. "아! 이래서 화생방 훈련이 힘들구나."라고 생각했다. 호랑이에게 잡혀가도 정신만 차리면 살아날 수 있다는 생각이 들었다. 눈물과 콧물이 범벅이 되었다. 아무리 힘들어도 훈련을 무사히 마칠 수 있었다. 대한의 아들들과 함께 하니 든든하게 느껴졌다. 흐르는 물에 얼굴을 씻어 내고 정신을 차렸다.

이글거리는 태양을 마주하며 아무리 어려운 훈련일지라도 포기

화생방 훈련을 받기 위한 준비를 마치고

하지 않는 대한의 아들들이 자랑스럽게 보였다. 후방의 가족들을
지키기 위하여 젊은 청춘을 바치는 우리의 아들들이 있어 자유와
평화를 누리고 있는 것이다. 우리나라 대한민국을 지키는 대한의
용사들의 수고에 감사함을 느낀다. 건강하고 튼튼한 진짜 사나이가
되어 어머니의 품 안으로 돌아오길 바라는 마음이다.

국군 장병들의
먹을거리를 살펴보니

장병들과 어머니 모니터링단 요리 대결 우승자는?

'군 장병들과 어머니 급식단 요리 대결 우승자는 과연 어느 팀일까요?' 지난번 공군 부대 방문을 시작으로 이번엔 육군 부대를 방문하게 됐다. 어머니 장병급식 모니터링단으로서 육군 부대를 방문하여 대한의 아들들이 먹는 급식에 대해 살펴보고자 나선 것이다. 어머니 모니터링단은 2개 조로 나누어 활동했다. 1조는 장병들의 급식 식단에 올리기 전 식품들이 싱싱하게 제대로 들어오고 있는지 살펴봤다. 2조는 주방의 위생 상태와 음식 조리에 대한 사항을 꼼꼼하게 살펴봤다.

깔끔하게 정리된 주방에 들어서니 한눈에 띄는 것이 있었다. 무더운 여름날 식중독 예방을 위해 철저하게 대처하고 있었다. 식중독 알림 앱으로 날마다 예방 수치를 체크하고 주방에 기록함으로써 모두가 각별히 주의하고 있었다. 장병들이 먹는 먹거리가 국가 안보의 초석이 되기 때문이다.

무더운 날씨에 튀김 요리를 할 때는 장병들의 건강을 위해서 냉장 조끼와 냉장 넥워머를 걸치고 조리를 했다. 조끼 안쪽 주머니와 등 쪽 주머니에 얼음주머니가 가득 들어 있어서 더위를 이기는 데 단단히 한 몫 했다. 식당의 위생 상태와 음식 조리에 대하여 구석구석 살펴본 2조의 어머니들은 대한의 아들들을 위해 배식 준비에 나섰다. 위생모를 쓰고 앞치마와 토시, 마스크, 위생 장갑을 끼고 대한의 아들들을 기다렸다. 감자볶음과 오징어 야채 볶음, 총각김치, 닭곰탕과 밥을 먹는 대한의 아들들이 든든하게 보였다. 수백 명의 용사들을 위해 맛있는 음식들을 푸짐하게 담아 주며 뿌듯한 보람을 느꼈다.

점심시간을 마치고 대한의 아들들과 장병 급식 어머니들이 3대 3으로 드디어 요리 대결에 나섰다. 자세히 살펴보니 대한의 아들들의 실력이 대단했다. 지난해 국군 장병 요리 왕 선발 대회에서 준우승을 차지했던 저팔계 팀이 나선 것이다. 이 부대 취사병들은 분기별로 요리 왕 선발 대회를 개최하여 대한의 아들들의 음식 조리 솜씨가 탁월한 수준으로서 이미 최우수 급식 부대로 정평이 나있었다. 주방 요리 경력 20년 넘는 실력을 자랑하던 어머니들도 살짝 긴장하지 않을 수 없었다. 신세대들의 반짝이는 아이디어를 따라잡을 수 있을지 걱정이 됐기 때문이다.

장병들이 준비한 요리는 퓨전음식인 '나베'였고, 어머니들은 '돼지고기 김치찌개'였다. 주방에 있는 재료로 음식을 조리하기 때문에 제일 자주해 먹는 요리로 선택한 것이다. 어머니들은 고기와 김치를 썰어 냄비에 넣고 솜씨를 발휘했다. 두부를 넣고 보글보글 김치찌개를 끓이면서 국물 맛도 봤다. 20분 이내에 뚝딱 조리해 낸 찌개 맛이 끝내주게 혀에 감겼다. 대파와 홍고추, 풋고추를 썰어 넣고 뚝배기에 담아냈다.

대한의 아들들이 '나베' 요리를 만들기 위해 척척 요리하는 모습을 보니 대단하다는 생각이 들었다. 매일 삼시 세끼씩 수백 명분의 음식을 조리해야 하기 때문에 힘들겠다는 생각이 들었다. 하지만 음식 조리에 관심 있는 대한의 아들들에게는 좋은 경험을 쌓을 수 있는 계기가 된다고 했다.

대한의 아들 중 저팔계 팀으로 각종 요리 대회 수상 기록을 가지고 있는 최종명 씨는 "군에서 요리 실력을 인정받을 수 있는 기회가 생겨서 아주 좋아요. 나중에 제대하고 사회에 나가면 요리 사업을 해 볼 거예요. 특기를 살려서 직업과 연결되기 때문에 저에겐 군 생활이 더욱 보람 있게 느껴져요. 부대에서 분기별로 요리 대회를 실시하고 있는데 저는 이미 각종 대회를 석권한 상태라서 장병들의 요리에 대해 관리를 해 주고 있어요."라고 말했다.

드디어 시식 평가단의 스티커가 붙여지기 시작했다. 어머니들은 대한의 아들들에게 한 표를 보냈다. 고향에 계신 어머니의 음식 맛을 그리워하는 대한의 용사는 어머니들에게 한 표를 던졌다. 막상막하 양 팀의 대결이 팽팽하게 겨뤄졌다. 신세대 입맛을 사로잡은

어머니 모니터링단과 장병들의 요리 대결

대한의 아들들의 솜씨가 우세한 실력으로 앞서갔다. 투표 결과 16
대 32로 대한의 아들 팀이 우승했다. 어머니들은 축하의 박수를 보
냈다. 장병들도 뜨거운 환호를 올리며 열광했다. 어머니들을 이길
정도의 실력이라면 사회에 나와서 요리 사업에 성공할 수 있으리라
보이기에 더욱더 흐뭇한 마음이 들었다. 승리한 대한의 아들들이
자랑스럽고 든든하게 보였다.

　육군 11사단 대한의 아들들과 요리 경연 대회를 펼치며 즐거운
추억을 만들었다. 혹여나 장병들의 세계에서 왕따나 폭력이 있는지
도 살펴봤다. 씩씩하게 적응을 잘하는 장병들은 걱정 없이 잘 버티
리라 믿기에 안심이 됐다. 나라를 지키기 위해 청춘을 불태우는 대
한의 용사들에게 고마운 마음을 전하는 마음이다. 그대들의 수고로

움에 후방에 있는 가족들이 마음껏 활개 치며 자유롭게 삶을 영위하고 있기 때문이다. 육군 11사단 장병들에게 힘찬 응원을 보냈다.

장병 급식 신규 제안 품목 시식회에 다녀와서

대전 군수학교에서 실시한 신규 급식 제안 품목 시식회에 참석하기 위해 국방부 소속 육·해·공군, 기품원, 방사청, 어머니 모니터링단 등 관계자 100여 명이 동참했다. 각 부대별 취사병과 조리 급식 관계자 등으로 구성된 100여 명의 평가자가 12개 업체 22개 품목을 골고루 먹어 보며 시식 평가를 마쳤다. 이번에 실시한 시식 평가단의 의견을 수렴하여 대한의 아들들을 위한 영양 균형과 단체 급식의 적합성, 적정한 가격 등을 비교 평가하여 차기 년도 군 급식에 반영될 예정이다. 식품군 중에서 8천~만 명 정도의 시험 급식을 통해 장병들이 외면하는 품목은 2~3개씩 퇴출된다고 한다. 좋은 평가를 받은 식품군들은 2년 후에 정식 메뉴로 선정이 된다.

시식 평가단 급식 예산 계획 수립을 맡고 있는 담당자(급식 담당 15년)는 "맛보다 재료 면에서 식감이 구분되게 향상된 것 같아서 좋아요. 제가 정한 1위는 냉동 바지락살을 최고로 뽑았어요. 2위는 장어구요. 장어가 영양은 좋은데 단가가 비싸서 어떻게 될지 모르겠어요. 그리고 장어로 튀김을 해서 맛은 좋은데 기름 때문에 문제가 될 수 있어서 2위로 선정했어요."라고 했다.

국방기술품질원 관계자는 "장병들에게 좀 더 나은 급식을 제공하고자 모두가 관심을 갖고 있다. 시대가 변한 만큼 장병들의 먹을거리에도 장어, 홍삼 엑기스, 천연 벌꿀, 추어탕, 등 단계별로 업그레이드를 시켜 가고자 한다. 장병들이 잘 먹어야 건강한 체력을 유지할 수 있기 때문이다. 국가에서 정한 예산안에서 최대한으로 장병들에게 영양과 질 높은 급식이 이뤄질 수 있도록 노력하겠다."고 했다.

요즘 남자들이 요리하는 것이 대세라고 한다. 취사병들이 군에서 배운 요리 실력으로 사랑하는 가족들에게 점수를 딸 기회가 될 수 있기에 선호하는 청춘들도 있다. 또한 군 복무를 마치고 사회에 나가면 국군 장병들을 위해 공들였던 요리 실력을 발휘해 직업으로도 연장하고 싶다는 장병들도 있다. 국군 장병들의 기초 체력을 위해 건강한 먹거리를 필요로 한다. 시대의 흐름에 따라 청춘들이 좋아하는 선호 식품군들을 살펴보는 것도 중요하다. 아들을 군에 보낸 어머니의 마음으로 내 아들이 먹는 군 급식 최고로 좋은 먹거리가 선정되기를 바라는 마음이다. 나라를 지키기 위해 수고하는 60만 모든 장병들에게 더욱 더 좋은 먹거리가 제공되기를 바라는 마음이다. 대한민국의 안보를 굳건하게 지켜가기 위해서는 건강하고 튼튼한 용사들의 체력이 밑바탕이 되기 때문이다.

제4회 군침 도는 식판 국군 장병 요리 대회에서

진짜 사나이 팀과 함께하는 '제4회 군침 도는 식판' 국군 장병 요리 대회(2015년 12월 17일)가 서경석 씨의 사회로 개최됐다. 어머니 장병급식 모니터링단 김혜옥, 조우옥, 최정애 등 5명과 요리 전문가로 구성된 팀, 각 군 장병 팀, 급양관 팀 등의 심사위원들이 동참했다.

TV에서 인기리에 방송되는 진짜 사나이 두 팀과 육군, 공군, 해군, 해병대를 대표하여 장병들 10팀이 출전하여 요리 솜씨를 뽐냈다. 요리 대회는 70분 동안 20인분의 음식을 만들어 내야 한다. 수십 개의 카메라가 눌러 대는 셔터 속에서 진짜 사나이 팀 김영철 씨와 허경환 씨까 재치와 유머로 장내에 웃음바다를 만들기도 했다. 각 부대를 대표하는 장병들과 미스코리아 출신 누나를 둔 가족들도 참가하여 뜨거운 응원으로 현장이 후끈 달아올랐다.

요리하라 1994 팀은 '고추장 소스를 곁들인 돈쌈 튀김과 참깨 드

군 급식 요리 대회에서 최정애 기자의 질의

레싱을 얹은 샐러드'를 준비했다. 강철셰프 팀은 '세상을 지키는 강철 버거와 강철 버거 곁을 지키는 순두부 우먼샐러드'를 준비하여 이름에서 특별한 관심을 받기도 했다. 마린 5팀은 진짜 사나이 팀으로 '무적 튀김 상승 조림과 무적 튀김 샐러드'로 맛의 조화를 잘 이뤘다는 심사위원들의 극찬을 받기도 했다.

국방대첩 팀은 '필승 전골과 연평도 피클'을 준비하고, 요·섹·군 팀은 '토닭토닭과 참깨가 연근에게 사과할 때 샐러드'를 준비하여 재미있는 이름으로 관심을 끌게 했다. 중사대첩 팀은 된장과 춘장 소스를 곁들인 '된춘한 도니 씨와 크레페와 사랑에 빠진 달콤새콤한 곰신'이라는 주제로 제목에서 눈길을 끌었다. 황룡이 나르샤 팀은 '시래기와 떡의 만남과 새우게 냉채'로 높은 점수를 받아 대상의 영광을 얻었다. 황룡이 나르샤 팀은 해병대 출신으로 지난해에도 장병들 요리대회에서 상을 받은 팀으로서 막강한 우승 후보자였다. 그들은 아낌없는 요리 실력을 발휘하여 상금 200만 원과 국방부장관상을 받았다. 최우수상은 요리하라 1994 팀과 마린보이 팀이 수상하고 우수상은 요·섹·군, 중독, 강철셰프, 마린5 팀이 수상하여 축하의 박수갈채를 받았다.

심사 평가에서 요리 전문가는 "보기 좋은 떡이 먹기도 좋다. 장병들이 여자 친구 얼굴처럼 얼마나 예쁘게 만들어 내는지 궁금했는데 정말 모든 팀의 요리 솜씨가 대단했어요. 우리 한식도 자꾸 먹어 봐야 깊은 맛을 알 수 있을 텐데. 아쉬운 부분이 있다면 젊은이들이 퓨전 음식과 튀김 음식을 너무 좋아해서 걱정이에요."라며 칭찬과 우려하는 마음을 나타내기도 했다. 최정애 어머니 기자는 어머니 장병급식 모니터링단을 대표하여 심사 결과를 발표했다. 그녀는 "국방을 지키느라 고된 훈련 속에서도 이렇게 훌륭한 음식을 만들어 내는 장병들이 대단합니다. 해병대 용사들인 황룡이 나르샤 팀의 시래기와 떡의 만남이 건강에도 좋고, 단체 급식에 대한 실현 가능성도 제일 높게 평가됐어요."라고 했다.

군 급식 요리 대회 단체 사진

장병들의 요리 대회에서 시식 평가를 해 보니 정말 대단한 실력들이었다. 20년을 넘게 주방을 지켜 온 어머니 기자들이지만 청춘들의 신선한 아이디어를 따라잡을 수 없는 부분도 보였다. 요리 왕 선발 대회에 참석했던 모든 장병들이 지속적으로 실력을 쌓아 사회에 나와서도 연계하여 요리 업계에서 훌륭한 인재로 거듭나기를 바란다. 자랑스러운 대한의 용사들과 함께했던 요리대회 잊지 못할 추억의 한 페이지가 됐다.

광복 70년 우리 모두
대한민국 주인공이 되어

위대한 여정 새로운 도약을 꿈꾸는 광복 70년을 축하하며

8월 15일 세종문화회관에서 열린 광복 70주년 중앙경축식에 참석한 박 대통령의 경축사 속에 대한민국 모든 국민들의 애국심이 녹아있었다. 경축 행사에 동참한 국민들은 역사의 주인공이 되어 뜨거운 가슴으로 애국심을 다졌다. 세종문화회관과 광화문 광장에서는 '자랑스러운 대한민국! 우리 모두 대한민국!'의 주인공인 국민들의 순수한 삶의 이야기가 밑바탕을 이루며 각종 행사가 펼쳐지고 있었다. 광복절 중앙경축식 행사에서는 독립 유공자 포상과 만세 삼창을 제창했다.

정부포상자 257명 중 건국훈장 애국장을 받는 고故 김상경(손자 김덕기 대리 수상) 옹을 비롯한 7명의 유공자 후손에게 포상을 수여했다. 대한민국의 독립을 위해 만세 운동을 펼치다가 순국한 유공자들의 아들, 딸, 손자, 손녀 등이 대리 수상하는 모습을 보면서 가슴이 찡하게 울렸다. 70년의 세월이 흐른 지금 뒤늦게나마 유공자의 후손들에게 영광의 자리에 오를 수 있는 기회가 됐음에 축하와 감사의 박수를 보냈다.

박 대통령은 경축사에서 "나라 잃은 설움을 극복하고 지난날 분단의 비극과 6·25 전쟁의 참화는 우리 삶의 기반을 송두리째 앗아갔지만 우리 국민들은 결코 좌절하지 않고 단합된 의지와 애국심으로 새로운 도약을 일궈냈다. 국제 정세의 어려운 현시점에서 비록 북한의 거듭된 도발로 남북 관계가 어려움에 처해 있지만 광복 70주년을 맞는 역사의 길에서 분단의 역사를 마감하고 평화통일을 이루는 길은 우리 민족이 반드시 가야 할 길"이라고 강조했다.

중앙경축식에 동참한 국민들을 만나서 인터뷰했다. 파독 간호사 임 씨는 "아무리 힘들어도 내 조국이 있다는 마음을 간직하고 있었기 때문에 참고 견뎌낼 수 있었어요. 외국에서 살다가 와 보니 조국에 있는 공기, 물, 돌 한 조각이라도 얼마나 소중하게 느껴지는지 몰라요."라고 말했다.

위안부 사진전을 바라보며 청춘예찬 어머니 기자도 15년 전 위안부 할머니와 결연을 맺었던 기억이 떠올랐다. 결연 맺은 할머님은 위안부로 끌려가서 고통스럽고 힘든 세월 속에서 대퇴골이 부서지는 중상을 입어 몸에 쇠를 박아 놓았다고 했다. 비가 내리는 날이면 온몸이 쑤시고 아파서 울부짖으며 고통을 호소했던 어르신의 하소연으로 하염없이 울었던 그 순간이 너무나 가슴 아팠다. 나라 잃은 설움과 여인네들의 짓밟힌 인권유린. 정말 두 번 다시는 이런 역사가 되풀이해선 안 될 끔찍한 일이라고 생각한다. 억울하게 삶을 유린당한 어르신들의 마음을 풀어드리기 위해서는 일본에서 하루빨리 진심이 담긴 사과와 위로가 반드시 이뤄져서 어르신들이 편안한 마음으로 잠드실 수 있도록 해드려야 할 것이다.

광복 70년 격동의 세월을 이겨 내며 혼신의 힘으로 목숨 바쳐 나라를 지키고 이끌어 왔던 할아버지, 아버지, 어머니 세대들의 피와 땀이 있었기에 오늘날의 눈부신 경제 성장을 이룩했다. 그와 반면, 우리의 안보는 세계열강의 틈바구니에서 국가 안전을 보장받을 수 없는 불안한 부분도 있다. 지난날의 역사를 거울삼아 국토방위를 굳건하게 지켜 갈 때만이 우리 민족의 진정한 광복을 이야기할 수 있을 것이다.

광복 70년을 맞이하여 안중근 의사의 애국심을 되새기며

위대한 여정 새로운 도약을 위해 광복 70년을 맞이하여 대한민국을 알리는 서포터즈들의 홍보 활동이 시작됐다. 지난 7월 7일 독립운동의 아버지 안중근의사기념관에서 힘찬 발걸음을 떼었다. 광복 70년 기념사업 추진 위원회는 광화문 광장과 역사박물관에서 70인의 홍보단과 함께 뜻 깊은 행사를 펼쳤다. 그들은 안중근 의사의 애국심을 되새기며 나라 사랑하는 마음을 다졌다.

광복 70년 기념사업추진기획단 송경원 단장은 격려사에서 "광복 70년은 국민통합을 구현하고 선진 통일국가로 나아가는 초석을 놓으며 광복 100년의 드라마를 준비하는 자리다."라며 "대한민국의 위대한 여정은 안중근 의사에서 비롯되었다는 의미로 발대식을 안중근 의사기념관에서 하게 되었다. 안 의사는 일본근대사의 잘못된 출발을 고치도록 노력해 끝내는 광복을 이루게 했다."고 취지를 밝혔다.

광복 70년을 되돌아보니 가난과 전쟁의 폐허 속에서도 경제 성장과 민주화를 이룩한 위대한 여정이었다. 오늘의 대한민국을 이룬 역량과 자부심으로 선진사회와 통일국가를 향하는 새로운 도약을 꿈꾸며 힘차게 출발하는 국민들 개개인이 자랑스럽게 보였다. 광복 70년 기념 주요사업으로 민족정기 고양과 역사의식 체험, 광복 70년 성취의 역사를 조명하여 국민의 자긍심을 높이고 광복절 경축행사를 통한 국민 화합과 축제의 장으로 승화시켜 나아갈 방침이다. 또한 세계 속 한국의 위상을 높이고 평화통일 희망 확산을 통해 청소년 등 젊은 청춘들의 참여확대를 통한 미래 비전 구상으로 선진사회 통일국가를 이룩하고자 함이다.

광복드림팀은 사진, 영상 등을 활용한 취재를 통해 국민들에게 광복 70년 기념사업을 홍보하는 데 앞장설 것이다. 아들 입대로 만난 여전사 4인방도 서포터즈 기자증을 받고 파이팅을 외치며 힘차게 나섰다. 안중근 의사 동상 앞에서 출발하는 마음은 남다른 각오로 애국심을 다졌다. 서포터즈들은 광화문 광장에서 광복 70년 기념행사로 카드섹션을 펼쳤다. "대한민국 만세"를 외치며 하늘로 날아올랐다.

"나라를 지키기 위해 군에 간 아들 덕분에 어머니 기자도 애국자가 됐다. 광복 70년 기념을 홍보하는 일에 동참하게 되어 무한한 영광으로 생각한다. 대한민국을 지키기 위해 희생한 수많은 애국지사를 가슴에 새기며 나라 사랑하는 마음으로 맡은 바 역할에 충실하겠다."라며 파이팅을 외치는 여전사들의 표정에서 희망이 보였다. 한마음으로 뭉쳐진 그녀들의 활동이 더욱 아름답게 빛을 내리라 기대하는 마음이다.

내 어머니의 나라 대한민국을 위해
이 한목숨 바치리라

제목: 나라의 기둥 청춘들과 함께 달려 보니
〈2014년 대한민국 국방부 수기 공모 장려상 수상작〉

논산훈련소에 두 아들을 보내 놓고 돌아오는 길에 왈칵 눈물이 쏟아졌다. 두 아들을 군에 보내고 노심초사 애태우는 어미의 마음은 밤낮을 가리지 않고 전방으로 달려갔다. 꿈속에서나마 그리운 아들의 그림자라도 볼 수 있으려나 가슴 졸이며 아들을 기다리는 어미의 애틋한 마음은 모두 다 똑같을 것이리라.

'여자는 약하지만 엄마는 강하다.'라는 말을 가슴에 새기며 새로운 마음을 다잡게 되었다. 남아로 태어나 조국을 지키기 위하여 고된 훈련을 받으며 전방을 사수하는 대한의 아들이 자랑스럽게 느껴졌기 때문이다. 조국의 부름에 기꺼이 동참하며 청춘을 불사르는 아들들의 수고로 후방의 가족과 국민들이 자유와 평화를 마음껏 누리며 살고 있기 때문이다.

'대한의 아들아 엄마도 너와 함께 하리라!' 두 아들 군에 보내 놓고 나라 사랑 아들 사랑으로 힘을 얻어 여성 예비군에 입대하게 되었다. 자랑스러운 대한의 아들은 무적함대 탱크로 전방을 지키고 엄마는 여성 예비군으로서 지역 안보 지킴이 활동에 적극 동참하는 여전사가 된 것이다.

여성 예비군으로서 전시, 사변 등의 유사시를 대비한 예비 병력으로 활동하며 재난, 재해 시 구호 활동과 향방 작전 간 위문과 훈련에 참여했다. 여성 예비군단이 해야 할 임무 수행으로 훈련장에서 철저하게 교육 훈련을 받고 지역 안보 견학을 통하여 국가 방위에 대한 중요성을 제대로 알게 됐다. 또한 군 관련 행사에 참석하여 예비군의 날 행사, 6·25 참전 용사들을 위한 꽃다발 전달, 장애인을 위한 급식 봉사, 요양원 어르신을 위한 사랑 나눔 잔치 등 지역 내 봉사에도 적극 앞장서며 다양한 활동을 펼쳤다.

전시를 대비한 안보 교육에서 동원 및 향방 작전 시 전투 근무 지원 활동과 급식 지원, 응급 구호 및 후송 지역 안정 선무 활동, 편의대 활동 및 피해 복구 지원 활동에 앞장서는 역할을 해야 되기에 철저히 교육을 받으면서 대한의 아들들의 수고로움을 새삼 깨닫게 됐다.

뜨거운 열정에 힘입어 나라를 지키는 젊은 청춘들에게 응원을 보내 주며 격려를 해줄 수 있는 병무청 청춘예찬 블로그 어머니 기자

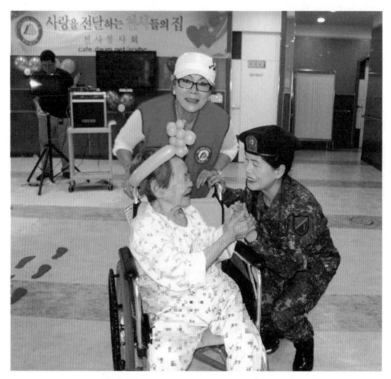

요양원 어르신과 함께한 즐거운 추억

로 활동하게 됐다. 군에 간 아들을 생각하며 또 다른 청춘들의 애국
심을 국민들에게 널리 홍보하며 제대로 알려 줄 수 있는 기회를 포
착한 것이다. 그동안 알지 못했던 병무 행정에 대하여 세세하게 살
펴보며 청춘들이 궁금해 하는 육군, 공군, 해군, 특기병 등 군 입대
에 관련한 행사에 직접 발로 뛰어다니며 열심히 취재 활동에 나섰
다. 서울, 인천, 경기, 대전, 부천, 춘천 등 전국을 망라하며 청춘들
을 위한 취재 활동에 앞장서다 보니 국군 방송에서 열심히 활동하
는 28 청춘 어머니 기자들의 활동에 대한 취재 요청이 들어왔다.

군에 있는 아들이 입는 군복 공장, 먹을거리 업체, 휴양지, 등 다양한 주제를 가지고 '청춘예찬 어머니가 간다' 방송을 취재하게 된 것이다. 인생을 살아가면서 가장 잊지 못할 체험의 순간은 화생방 훈련이었다. 신병대대 훈련생들과 함께 직접 동참하여 화생방 훈련을 받았던 체험은 아마도 영원히 잊지 못할 것이다. 두 아들 군에 보낸 어미의 마음이라 꼭 훈련을 받아 보고 싶었다. 자랑스러운 대한의 청춘들과 함께 손을 잡고 파이팅을 외치며 화생방 가스실로 들어갈 때의 심오한 결심은 죽음도 불사하겠다는 각오를 다짐하게 됐다. 신병대대 훈련생들과 똑같은 훈련에 동참하며 화생방 가스로 눈물과 콧물이 범벅이 되어 정신을 차릴 수가 없었다. 물로 얼굴을 씻어내고 정신을 차린 후에 훈련생들을 바라보니 무사히 훈련을 마친 대한의 아들들이 더욱 더 자랑스럽고 든든하게 보였다.

자유와 평화를 마음껏 누리며 활개 치며 살아왔던 순간들이 누군가의 힘든 훈련과 투철한 애국심으로 이뤄진 결과였다는 사실을 온 몸으로 느끼게 되어 나라를 지키는 대한의 아들들에게 감사한 마음이 들었다. 세계 유일의 분단국가인 대한민국의 아들로 태어난 청춘들과 호국 영령들의 애국심과 희생정신으로 말미암아 후방의 국민들이 행복한 삶을 영위하고 있다는 사실을 망각하며 살고 있었다. 아들을 군에 보내 놓고 여성 예비군으로 청춘예찬 어머니 기자 활동을 펼치며 이제야 비로소 나라 사랑 아들 사랑에 제대로 눈을 뜨게 됐다.

사랑하는 아들을 군에 보낸 어머니의 입장으로 장병들의 먹을거리에 대한 궁금증이 생겼다. 방위사업청 국군 장병급식 어머니 모니터링단이 되어 내 아들이 먹는 먹을거리가 어떤지 꼼꼼하게 따져보고 제대로 살펴보고자 두 팔을 걷었다.

특수전 군부대를 방문하여 관내를 둘러보았다. 대한의 아들들이 직접 사용하는 무기류와 군용필수품을 관람해 보았다. 그곳에서 돌덩이도 녹여낼 젊은 청춘들의 막강한 힘과 용맹을 느낄 수 있었다.

부대 장병들과 함께 점심 식사를 하며 먹을거리에 대하여 꼼꼼하게 살펴보았다. 처음 먹어 보는 부대 음식이 원만하게 입에 맞아서 걱정을 덜었다. 특수전 부대 식당 내 위생 상태가 어떤지 둘러보았다. 그곳 식당 입구에는 손을 씻을 수 있는 개수대가 준비되어 있었다. 식판, 수저, 칼, 도마, 등 집기류를 철저하게 소독 관리하고 있었다. 장병들의 집단 식중독 예방을 위하여 위생 관리가 철저하게 이뤄지고 있어서 안심이 되었다. 국방의 기초는 장병들이 먹고 마시는 음식에서 시작된다고 해도 과언이 아닌 것 같았다.

어머니 모니터링단은 대한의 아들들이 좋아하는 군대리아 햄버거 빵을 만드는 업체에서부터 김치 공장, 계육 공장, 유제품 공장, 청국장 공장, 수산 가공 물류 센터 등, 다양한 급식 업체 불시 위생 점검에 동참해 보았다. 밀가루에서부터 반죽을 숙성시키고 빵이 되어 구워지고 자동으로 생산되는 과정을 살펴보았다. 세균 오염 방지를 위하여 철저한 위생 관리가 실시되고 있었다. 또한 대부분 큰 공장들은 군관계자가 상시 동참하여 업체 생산 공정을 지속적으로 관리 감독하고 있기에 믿음직한 마음이 들었다. 혹여나 공정 과정에서 쇳가루가 첨가될까 염려되어 검사하는 고액의 자동화 기계도 통과하여 완벽하게 포장을 마친 완성품을 직접 시식해 보기도 했다. 시중에 있는 일반 제품과 비교해 보았을 때 최상의 맛으로 평가되어 걱정을 덜게 됐다.

어머니 모니터링단은 국군 장병들의 먹거리에 대하여 알지 못했던 미지의 세계를 직접 살펴보고 꼼꼼하게 따져 봤다. 60만 장병들의 어머니를 대표하여 매의 눈으로 세세하게 파헤쳐 본 결과 그렇게 걱정하지 않아도 될 만하다는 평가를 내렸다. 일반 사람들의 불신으로 인한 국군 장병들의 먹을거리 안심하고 믿고 맡겨도 될 정도의 단계에 이를 만큼 철저하게 위생 관리가 되고 있었기 때문이다.

어머니 모니터링단은 국군 장병들의 먹거리에 대하여 있는 사실 그대로 홍보 활동에 앞장서고자 나섰다. 대한 급식 신문과 병무청 블로그, 페이스북, 카카오 스토리, 국군 방송, 지역 내 신문 매체, 단체 카페 등 다양한 곳에서 홍보 활동을 펼쳐왔다.

국민행복시대 국민이 중심이 되는 정부 3.0 우수 사례 경진대회 현장 평가단으로서 국군 장병들의 요리 왕 선발 대회 심사위원으로서 행사에 동참하여 대한의 아들들의 활약을 눈여겨보았다. 청춘들이 뜨거운 애국심을 다지며 맡은 바 역할에 최선을 다하는 모습들이 대견하고 든든하게 보였다.

나라의 기둥 청춘들과 함께 달려 보니 28 청춘 어머니 기자도 철저한 애국자가 된 것 같다. 두 아들 군에 보내 놓고 여성 예비군에 입대한 필자는 28 청춘 어머니 기자로서 국군 장병 어머니 모니터링단으로서 멋지게 펼쳐 왔던 올해의 활약을 평생 잊지 못할 추억과 뜨거운 애국심을 간직하게 된 순간으로 자부심을 느끼게 됐다.

자유와 평화를 위하여 젊음을 바치는 대한의 아들들과 함께했던 순간이 자랑스럽게 느껴졌다. 국민과 함께 손을 잡고 국민과 함께 소통하며 국민과 함께 공유하는 정부 3.0의 혁신적인 개혁에 발맞추어 믿음과 신뢰로 행복한 세상을 만들어 가는 데 앞장서는 중심에 청춘들이 주역이 되어 함께하고 있었다.

대한의 아들들의 세리머니

웃고 있는데…

매주 금요일 밤이면
어김없이 올라와
채우던 아들의
빈자리가 유난한 오늘

오래전 같이 부르던
이등병의 부치지 못한
편지를 듣노라니
눈물이 핑 도누나

군기 확 살아나는
입대 전 동기들과 찍었다는
활짝 핀 젊음은 가슴에 꽂혀
너의 부재를 실감케 한다

아들은 웃고 있는데
나는 자꾸만 눈물이 나려고 하네
오늘따라 빈자리는 크고

네 노래는 너무 슬퍼…

8월은 가고 그날은 오고

무거운 너의 발걸음만큼이나
세상이 내려앉는다
나는 얼마나 더 너를 그릴까…

약력

1962년 울산 출생. 읽을거리가 귀했던 어린 시절, 관광 회사에 다녔던 오빠가 퇴근 때면 한 가방씩 넣어 오던 신문이며 잡지를 보며 읽기와 쓰기에 눈을 떴다. 책과 함께하고 싶은 꿈을 펼치기 위해 상경, 국문학을 전공하고 독서지도사의 길로 들어서 부천시청소년수련관에서 10여 년 청소년 독서 교육을 담당했다.

아들 입대를 계기로 정부 정책기자로 활동하기 시작해 병무청 블로그 어머니 기자, 2015 경북문경 세계군인체육대회 블로그 기자, 국방기술품질원 어머니 모니터링단을 거쳐 현재 문화체육관광부 정책브리핑 정책기자, 국민안전처 블로그 기자 국방일보 모니터, 부천시 복사골 기자로 활동하고 있다. 국방FM 〈국방광장〉 '블로그 기자가 간다' 코너에 고정 출연하며 정책을 알리고 있다.

인생후반기 고향에서 숲을 가꾸며 살고 싶어 영남알프스 산자락에 한국 고유의 수종 작물인 황칠나무를 재배하고 있다. 독서지도사 경험을 살려 영남알프스 하이디 북 카페를 열 계획이다. 2012년 『아버지의 리어카』를 펴낸 바 있다.

수상

제1회 부천시 여성 생활 수기 최우수상

제7회 동서커피문학상 맥심상

2010 부천시 주부 기자 최우수상

2013 병무청장상 (블로그 활동 우수)

2014 문화체육관광부 장관상 (정책 홍보 우수)

2015 경북문경 세계군인체육대회 최우수상 (블로그 유닛 기사 취재팀 부문)

2015 국민안전처 최우수 기자상 (블로그 활동 우수)

2015 국방일보 우수 모니터 (국방홍보원)

이메일: cja3098@naver.com

블로그: http://blog.naver.com/cja3098

페이스북: https://www.facebook.com/cja3098

PART 6

최정애 어머니 기자

영원한 해병대 맨(Man)
제5대 김흥국 가수협회장

"어떤 대학보다 해병대 대학이 가장 훌륭한 대학. 나는 '해병대' 하면 자다가도
벌떡 일어난다."

　　　　　　　　　　　　　 - 해병대 출신 가수 제5대 (사)대한가수협회 김흥국 회장

　아들이 입대한 뒤 군복 입은 장병을 보기만 해도 반가워 뒤를 돌
아보는 습관이 생겼다. 군인과 관련된 뉴스가 나오면 귀를 쫑긋 세
우는 일에도 익숙해졌다.

　"해병대 정신으로 가수협회를 이끌겠다."는 제목의 기사가 떴다.
제5대 (사)대한가수협회 회장으로 당선된 김흥국 회장의 사연을 대
하는 순간 전화기를 들었다. 김흥국장학재단을 만들어 16년째 가정
형편이 어려운 청소년과 원로 가수들을 돕고 있다는 소식을 접한지
라 더욱 관심이 갔다. 이런 마음을 가진 분이라면 통하는 면이 있을
거라는 생각에.

　아들 입대를 계기로 만난 어머니 기자 7명이 펴낼 책의 취지를

해병대 정신으로 협회를 이끌겠다는 김흥국 제5대 가수협회장

밝혔다. 김 회장은 "어머니들이 나라를 위해 훌륭한 일을 한다."라
며 흔쾌히 사간을 내주겠다고 했다. 바쁜 일정 속에서도 기꺼이 시
간을 내준다는 답에 병역이 자랑스러운 사회를 위해 더욱 열심히
뛰겠다는 다짐을 했다.

첫 만남은 2015년 10월 7일 서울 영등포구 63빌딩 컨벤션 센터
에서 열린 가수협회장 이·취임식 겸 가수의 날 기념식장이었다. 이
자리에서도 김 회장의 해병대 사랑은 이어졌다. 해병대 전우회 회
원들이 해병대 깃발을 들고 행진을 하며 축하해 주었다.

개그맨 김학도 씨의 사회로 열린 이날 기념식에서 가수협회가 걸
어온 길과 앞으로의 활동 방향에 대해 알 수 있었다. 소탈한 김 회
장의 친화력을 입증하는 듯 각계각층에서 온 축하객 500여 명이 참
석해 국민의 애환을 노래로 달래 주는 가수들을 응원했다.

(사)대한가수협회는 1959년 사단법인으로 출범했으나, 1961년 군사정부의 대중 예술인 통제책의 일환으로 사라지고 한국연예협회로 예속되었다. 그 후 45년 만인 2006년에 사단법인으로 재창립된 이후 초대 회장 남진, 제2대 회장 송대관, 3,4대 회장 태진아를 거치며 지난 9년 동안 가수들의 권익 향상과 위상 정립을 위하여 노력해 왔다.

　남진 초대 회장은 축사에서 "대한가수협회가 다시 탄생한 지 엊그제 같은데 벌써 10년이다. 협회가 생겼던 목적은 가수들의 단합과 권익을 위해서였는데 그것이 잘 되었는지를 되돌아보면 회원들에게 송구스럽다."면서 "그러나 모든 게 어려운 시기와 과정이 있듯 이제 10년이 지났으니 새롭게 다시 출발하는 마음으로 시작했으면 좋겠다."고 밝혔다.

　이어 "제5대 김흥국 회장을 중심으로 회원들이 가족처럼 협회를 통해 단결하고 우리의 권익을 찾을 수 있었으면 좋겠다."며 "김흥국 회장이 해병대 정신으로 들이댈 것이라 믿는다."고 기대감을 비쳤다.

　김 회장은 취임사에서 "명실상부한 대한민국 최고의 가수 단체를 만들어 주신 역대 회장님과 집행부에 먼저 감사드린다. 요즘 가수들의 위상이 나아졌다고 하지만 아직도 갈 길이 멀다고 생각한다."라며 "음반 시장이 사라지고 인터넷을 통해 음악이 유통되는 현재 우리 가수들의 터전인 활동 무대가 점점 사라지고 있다. 이러다 보니 가수들은 미래에 회의를 느끼고 원로 선배들은 외로운 노후를 보내고 계신다."라며 다음과 같은 계획을 밝혔다.

가수 대통합, 가수 회관 건립, 방송 출연료 현실화, 가수 피해 고발 센터 운영, 복지 정책 수립 및 활성화 및 '대한민국 가수 대축제'를 국민 축제로 연례화, 소외 계층을 위한 사회봉사 등을 향후 추진 사업으로 제시했다.

두 번째 만남은 이전한 신촌 가수협회 사무실에서 있었다. 사무실 이전은 김 회장의 공약 사업의 하나였다. 취임 즉시 휴게 공간을 갖춘 둥지를 틀자 벌써부터 가수들의 사랑방으로 자리매김하고 있다.

청춘예찬 어머니 기자 출신인 만큼 군대 이야기부터 물었다. 해병대 401기인 김 회장은 "'굵고 짧게'라는 말이 있다. 사실 해병대는 육·해·공군보다 복무 기간이 6개월 짧다는 말을 듣고 지원했다. 1980년 입대 당시 훈련의 강도가 너무 세서 '여기서 살아남을까?'라는 생각이 들 정도였다. 그러나 지나고 보니 해병대 생활이 인생에서 가장 잊을 수가 없다."라고 입대 계기를 털어났다.

"젊은 나이에 해병대를 갔다 왔다는 걸 늘 자랑스럽게 생각한다. 그 해병대 정신을 가지고 무명 생활 10년을 이겨낼 수 있었다. 지금도 '해병대'하면 자다가도 일어날 정도로 나는 영원한 해병이고 죽을 때까지 그럴 것이다. 어떤 대학보다 해병대 대학이 가장 훌륭한 대학인 것 같다."

해병대 정신을 강조하는 김 회장이 말하는 해병대 정신이 무엇인지 묻자 "해병대를 갔다 오지 않은 분은 이해를 못한다. 물론 타군도 다 훌륭하지만 해병대는 정말 다르다. 해병대 출신은 어디다 내

2015년 10월 7일에 열린
(사)대한가수협회 회장 이·취임식 및 가수의 날 기념에 참석한 가수협회 회원들

놓아도 먹고 산다. 혼자서 열 명을 이기고 백 명을 이긴다. 혼자 천
명과 싸워도 지면 죽는다는 정신으로 불가능을 가능케 하고 무에서
유를 창조할 정도다."라고 해병대 사랑을 거침없이 쏟아 냈다.

　이어 입대를 앞둔 청춘들에게 군 복무의 필요성을 강조했다. 대
한민국은 남과 북이 휴전 상태인지라 가장 중요한 것이 군대라고
했다. 그러면서 군대 갔다 온 사람이 사회적으로 혜택을 받는 정책
을 건의했다. 2015년 8월, 북한의 목함지뢰 사건으로 전역을 미룬
장병들에게 기업들이 우선 채용을 약속했듯이 군인을 예우하는 사
회를 염원했다.

　'김흥국' 하면 단번에 떠오르는 이미지는 '해병대' 말고 축구와 장
학 재단이다. 김 회장은 11세 때 축구를 시작했지만 집안 형편이 어
려워 포기해야만 했다. 그 한을 풀기 위해 축구인 못지않게 축구 사

랑을 실천한다. 올림픽, 월드컵 같은 경기가 열릴 때면 어김없이 자비로 비행기 티켓을 끊어 응원 길에 나선다.

그는 학창시절 등록금을 낼 수 없었고, 도시락도 못 싸 갈 만큼 힘들게 살았기에 형편이 어려운 이들의 심정을 누구보다 잘 안다. 그는 오래전부터 몰래 장학재단을 만들어 정기적으로 후원하고 있다. 기러기 아빠인 그가 생활비를 쪼개서 돕는다는 게 소문이 나 힘을 실어 주는 이들이 하나 둘 늘어나고 있다.

"처음엔 5년, 10년만 하고 그만두려 했는데 더 늘리라고 연락이 많이 와서 벌써 16년 됐다. 몇 년 전부터 원로 가수 두 분을 지원해 드렸더니 '나한테 장학금을 주는 후배가 있다니…….' 하면서 이분들이 우시더라. 10년간 무명 생활을 해서 누구 못지않게 무명 가수들의 아픔과 설움을 안다. 2015년도엔 학생 20명, 원로 가수 세 분을 후원해 드렸다. 작은 정성이 삶의 활력소가 되기를 바라는 마음이다."

이날 가수협회 사무실에서는 이사회가 있는 날이라 분주했다. 그런 가운데 틈을 내 군 복무 시절을 회고하며 인터뷰에 응해 준 김 회장은 "요즘은 젊은 친구들이 앞다투어 지원해 해병대 들어가기가 정말 어렵다고 들었다. 참 반가운 일이다. 자랑스러운 후배들이 나라를 더 튼튼하게 지켜야 된다. 군대를 가는 이유는 개인의 프라이버시나 의무를 떠나 나라를 튼튼하게 지켜야 하는 것이 1순위가 되어야 한다."는 말로 마무리하며 불우이웃돕기 바자회가 열리는 곳으로 향했다.

아들
입대기

아들 입소식, 스포츠머리 아들 모습 너무 아름다워 울었다

외아들을 막 군대에 보내고 가장 많이 듣는 인사는 "눈물 많이 나지 않느냐?"이다. 이런 말을 들으니 얼마 전 본 기사가 생각난다. 소설가 신경숙 씨의 『엄마를 부탁해』를 펴낸 미국의 한 출판사 부사장은 우리나라 한옥을 보고 눈물을 터뜨렸다고 했다. 그는 소박한 한옥의 아름다움에 감탄사를 반복하다 울어 버렸다는 것.

나는 사회 활동을 많이 한다. 독서지도사, 정책기자, 아파트 동대표, 주민자치위원 등 한 지역에서 오래 살다 보니 피할 수 없이 해야 할 일들이 쏟아진다. 그 일을 감당하려면 만만한 게 가족이다. 남편과 아들이 손을 내밀면 수업하고 나서, 기사 쓰고 나서, 회의 갔다 와서 등의 이유를 대며 차 순으로 밀어 버린다.

코앞에 주어진 내 일에 바빠 밥 한 번 제대로 챙겨 주지 못한 엄마였다. 그런데 아들이 어느덧 성장해 조국의 부름을 받고 입대했다는 사실에 눈물이 났다. 당연히 거쳐야 할 국방의 의무라며 담담히 받아들이며 지원해서 가는 아들의 모습이 아름다워 울어 버렸다. 아들은 "군대 가면 제때 밥이 나오고 운동도 하며 규칙적인 생활을 할 수 있다. 그런 환경을 적극적으로 활용해야겠다."며 각오를 다졌다.

아들은 입소 며칠 전부터 준비물 목록을 만들어 놓고 챙기기 시작했다. 현역병 입영 통지서, 신분증, 6·25 전사자 유가족 확인을 위한 설문지, 나라 사랑 카드, 세안제, 크림, 시계, 영양제, 여드름약, 손톱깎이 등 평소 사용하는 소모품들을 가방에 넣었다. 반입이 안 될 경우 집으로 돌려보내겠다면서……

아들은 사용하던 물품이 떨어져 만약에 자신이 연락할 경우 우리가 사서 보내 줘야 할 세안제와 영양제의 상표 목록과 평소 내가 서툴러서 잘하지 못하는 컴퓨터 사용법 등을 일일이 적어 주며 입대 준비를 했다.

2011년 10월 18일 의정부에 있는 306 보충대대에는 전국에서 모인 2,200여 명의 청춘과 부모, 친지들이 함께했다. 관람석이 있었지만 워낙 많은 인원이 모이다 보니 운동장 안에 줄을 선 아들의 모습은 확인할 수가 없었다. 스포츠형 짧은 머리를 하고 내 앞에 선 이등병들이 전부 내 아들인 양 입소식을 지켜보았다.

아직도 어리기만 한 아들이 군 생활에 잘 적응하는지, 뭘 해도 아들 생각에 짠한데 입소 후 4일째 육군본부에서 문자가 왔다. "ㅇㅇㅇ

이병은 ○○사단에서 신병 교육 후 ○○사단으로 전속 예정.”

황급히 컴퓨터에 앉아 ○○사단의 위치를 검색해 보았다. 어머나, ○○사단은 우리 집에서 도보로 30여 분 거리에 있는 곳이 아닌가. 우리 조카의 경우 입소 후 신병 교육을 받으러 트럭을 타고 꼬불꼬불 산길을 따라가니 최전방이 나와 얼떨떨했다고 했었다.

아들의 경우 '아들이 자주 다니던 길과 자기 집을 코앞에 둔 곳에 배치된 것을 알고 어떤 생각을 했을까? 많고 많은 사단 중에 컴퓨터 추첨으로 배정된 사단이 고향이라는 사실에 아들은 어떤 표정을 지었을까?' 궁금해졌다.

며칠 후 우체국에서 온 또 다른 문자는 택배 배송 건이었다. 아들이 입고 간 옷이 올 거라고 생각했는데 그 예상이 맞았다. 박스 안에는 아들이 입소했을 때 입고 갔던 옷과 신발, 편지가 들어 있었다.

“지금은 오전 6시 55분이야. 일어나자마자 매트하고 이불 네모나게 개서 정리해 놨어. 운동장에서 입소식 행사할 때 엄마, 아빠 계단 맨 위쯤에 있던 거 봤어. 특기병 선발이 있었는데 내 전공인 방송 관련 분야는 없더라. 동반 입대자, 컴퓨터 특기자, 외국어 특기자도 많았고 그리고 형제나 쌍둥이도 같이 입대한 사람도 있었어. 물품 검사를 했는데 뾰족한 물건들만 다 회수하고 다른 건 다 반입이 되더라. 가방이랑 폼 클렌징, 선크림 이런 것 다 써도 돼. 군대가 많이 바뀌었나 봐. 틈틈이 쓰는 편지야. 쓸 시간이 얼마 없어 오늘은 여기까지 쓴다. 나중엔 더 자세히 쓸게. 여기서 3박 4일 교육 받고 신병 교육대로 배치된대. 2011년 10월 19일 ○○가"

신병교육대대 수료식,
나는 음식 보따리를 아들은 이야기보따리를 풀었다

입소 5주를 보낸 2011년 11월 24일 신병교육대대 수료식이 있었다. 치킨, 초콜릿, 회, 크림, 영양제 등 아들이 편지로 주문한 준비물을 챙겨 들고 사단으로 향했다. 올 들어 최저기온이었다. 한파특보라고 다 떠들어 대는 일기예보 탓에 바짝 긴장을 했지만 다행히 날이 맑아 그리 춥지 않았다.

각 제대별로 면회장이 나눠져 있어 물품은 사단 입구에 있는 각자 면회실에 맡기고 수료식장으로 들어갔다. 스탠드를 꽉 메운 훈련병 가족, 친지들 앞에 군복을 입고 나타난 우리 아들들을 보며 힘찬 박수를 보냈다. 입소 후 첫 면회라 방문자 모두 군복을 입은 아들의 모습을 본 것은 처음이었다. 지난달 사복 차림으로 한 입소식 때와는 다른 분위기였다. 진짜 군인 아저씨가 되어 나타났다. 절도 있는 몸짓과 언어를 구사했다. 5주간 훈련의 흔적이 보였다.

개식사, 상장 수여에 이어 계급장 수여가 있었다. 작대기 하나인 이등병 계급장은 부모가 달아 주었다. 5주간의 힘든 훈련을 마치고 계급장을 단 이등병들은 얼싸안고 서로를 격려했다. 그 모습은 어떤 장면보다 보기 좋았다. 아들을 군에 보내 본 부모만이 느낄 수 있는 순간이었다.

5주 만에 본 아들의 피부는 몰라보게 깨끗해졌다. 고2부터 시작된 아들의 여드름과의 전쟁은 입대 전까지 계속됐다. 신기해서 이유를 묻자 "규칙적인 생활을 해서 그런가 보다."라고 흐뭇해했다. 자주 가던 피부과에서는 입대하면 십중팔구는 여드름이 심해진다고 했다. '군에 가면 당연히 그런가 보다.'라며 걱정했는데 아들은 보송보송한 피부로 내 앞에 서 있었다.

신병 수료식에서 아들의 군 생활 이야기를 듣고 있다

수료식을 마치고 면회실로 이동했다. 면회장 안에는 전자레인지가 놓여 있었고, 옆 건물 번개회관에는 10명 정도 앉을 수 있는 룸이 마련됐다. 저렴한 가격으로 피자, 햄버거 같은 음식도 살 수 있었다. 괜히 무거운데 바라바리 음식을 장만해 오지 않아도 해결할 수 있었다. 면회장엔 커피와 빵을 팔고 있었다. 나는 음식보따리를 풀고 아들은 이야기보따리를 풀었다.

제일 힘들고 아쉬운 게 무엇이냐?

"2박 3일 숙영을 했는데 텐트에서 잤어. 15km 주간 행군과 오후 7시부터 새벽 2시까지 한 30km 야간 행군이 힘들었어. 완전군장까지 다 메고 소총을 드니까 진짜 무겁더라. 다들 발에 물집이 생기고 뒤꿈치도 까졌는데 나는 발 뒤만 조금 까졌어. 그러나 견딜 만했어. 불침번이라고 해서 밤에 일어나 보초를 섰는데 매일 하진 않고 돌아가면서 해. 잠자는 것도 이 정도면 괜찮아. 화생방 훈련 때는 라섹을 했거나 색맹인 경우는 다 제외시켜 주던데 적응하려 노력했기에 별 아쉬움은 없었어."

훈련은 잘 따라갔나?

"훈련병 278명 중 46등 했어. 우리 반에 5등한 사람도 있어. 사격은 20발 쏴서 12발을 맞춰야 하는데 처음에는 9발 맞춰서 불합격하고 재사격 했을 때는 14발 쐈어. 조교를 뽑는데 나도 최종 후보에 올랐어. 그러나 나보다 키도 크고 덩치도 큰 사람이 하면 훈련병을 잘 이끌 수 있다는 생각에 접었어."

에피소드는?

"우리 반 인터넷 편지 쓴 것을 가지고 대대장님께서 직접 생활관으로 오셨어. 되게 자상하시더라. 엄마가 쓴 글도 보셨대. 엄마 보고 글 잘 쓴다고 하시던데. 중학교 선배 형이랑 같은 생활관을 썼어. 신기하더라. 여기서 선배를 만나니까. 일기를 썼는데 야간 훈련하는 날은 안 쓰게 되어 꾸준히 못 썼어. 좀 안정이 되면 다시 쓸 거야."

마지막으로 장점을 꼽는다면?

"밥은 진짜 잘 나와. 하루도 거르지 않고 제시간에 딱딱 줘. 가끔 양이 적거나 반찬이 다 떨어질 때도 있는데 거의 좋게 나와. 엄마는 맨날 밥 주는 시간이 달랐잖아. 19명이 생활관을 같이 썼는데 20살이 5명이고 나머지는 다 21살, 22살이야. 나이 차이가 거의 없는 형들과 생활하니 말이 잘 통해. 거의 다 친하게 지냈어. 이제 규칙적인 생활이 몸에 배었어."

며칠 후 제2신병교육대대 중대장님으로부터 편지가 왔다. 편지에는 "이곳에서는 군에 부여된 전투 수행 임무를 즉각적으로 완수할 수 있도록 전투 프로를 양성, 배출하기 위한 부대다. 11월 25일부터 12월 16일까지 3주간 전투 프로가 되기 위한 교육 훈련을 받고 보직된 부대로 전입한다."고 적혀 있었다. 연말이라 올해의 사건과 인물, 나의 베스트 등을 선정하고 있다. 2011년 우리 집 베스트는 당연 이등병 부모가 된 거다.

정책기자의 첫발이 되어준 병무청 블로그 어머니 기자

2011년 내 나이 50세. 100세 시대를 기준으로 한다면 인생 후반기가 막 시작된 시점이다. '반세기를 살았고 다음 반세기는 어떻게 살아야 후회하지 않는 인생일까?'라고 고민하던 중 눈에 번쩍 띄는 병무청 어머니 기자단 공고를 보았다. 이 기자단에 관심을 갖는 것에는 이유가 있었다.

2011년 10월 외아들을 군에 보내고 신병 수료식, 면회, 편지, 전화 등을 통해 경험한 군은 평소 내가 알고 있었던 군에 대한 상식과는 무척 달랐다. 소통이 잘되고 인간적이었다. 그래서 한 인터넷 신문에 아들을 군에 보낸 엄마의 심정을 담아 '이등병 엄마가 전하는 병영 일기'라는 제목으로 글을 연재했다.

입대를 앞두거나 전역한 대학생, 남자 친구를 군에 보낸 곰신, 아들을 군에 보낸 어머니를 대상으로 한 병무청 블로그 기자단은 시선을 멈추게 했다. "병무청 블로그 '청춘예찬'은 아들을 군에 보낸 엄마로서 병영 문화를 이해하는 데 도움이 될 것 같다."는 내용의 지원서를 낸 결과 합격 통보를 받았다.

2012년 2월 2일과 3일 양일간 대전정부청사 옆 통계 연수원에서 열린 워크숍에 갔다. 부산, 대구, 광주 등 전국에서 온 40명 기자들의 모습은 각각 달랐지만 모두 군대에 대한 공통 사연을 담고 있다는 점에서 금방 친해질 수 있었다.

병무청장님은 위촉장 수여식에서 "여러분은 병무청과 국민을 잇는 징검다리로 국민의 다양한 목소리를 듣고 병무청에 제공하는 가교 역할을 해 달라."고 당부했다. 이어 병무 행정에 대한 기본 교육을 받았다. 병역의무 이행 과정, 징병검사, 현역병, 공익근무요원 등 그동안 어렴풋이 이름만 들었던 내용을 정확히 들여다봤다.

3대 가족 모두가 현역 복무를 명예롭게 마친 병역명문가, 잊지 못할 병영 생활과 부대 자랑 등 4가지 분야에 대한 이야기를 통해 선발되는 병무 스타, 올해부터 달라지는 현역 기준인 다문화 가족 등에 대한 정보도 새롭게 알게 되었다.

이어진 연임 기자의 활동 사례 발표는 앞으로 방향 설정에 많은 도움이 되었다. 기자 활동을 통해 이미 프로 기자 못지않은 역량을 쌓고 있는 대학생 곰신 기자들을 보며 펄떡이는 청춘을 느꼈다. 이런 살아있는 경험을 한 청춘들이 사회에 나간다면 자기 몫을 톡톡히 할 것이라는 생각이 들었다.

이틀간의 워크숍으로 우리나라의 병영 문화의 큰 틀을 짚어볼 수 있었다. 이후 '내가 할 일은 무엇인가?'에 대해 고민했고 병영을 제

대로 이해하고 알리며 개선점을 찾는 데 도움을 주고 싶었다. 이 땅
에 더 이상 병역기피라는 말이 나오지 않도록 병영이 청춘의 아름
다운 문화로 자리 잡을 수 있기를 바라는 마음으로 임했다. 1928년
생으로 6·25 참전 용사이셨던 친정아버지는 평소 참전 용사 배지
를 달고 다니시면서 그때의 이야기를 자주해 주셨다. 2010년에 돌
아가신 아버지가 살아계셨더라면 취재 대상 1호였을 텐데…….

2012년 2월 8일부터 시작된 징병검사 현장 취재를 시작으로 나
의 정책기자 활동이 시작되었다.

아들 입대에서 비롯된
군 관련 활동

국방일보 모니터

2013년 7월 아들 전역과 함께 청춘예찬 활동은 거의 종반을 향했다. 그간 징병검사장과 3대 현역 복무를 명예롭게 이행한 병역명문가 등 병영 현장을 찾아다니며 변화하고 있는 병영의 모습을 알렸다. 그런 경험을 토대로 2014년 1월부터는 국방일보 모니터로 활동하게 되었다.

나는 신문 읽기를 무척 좋아한다. 어릴 적 관광 회사에 다녔던 오빠가 퇴근을 할 때면 신문이며 잡지를 가방에 한가득 넣어 왔다. 나는 오빠의 가방에 든 읽을거리를 과자보다 더 기다렸다. 어릴 적 동화책을 읽어 본 기억이 별로 없다. 그만큼 읽을거리가 귀했다. 신문에 난 인물들의 면면을 보며 '나도 커서 저런 사람이 되어야지!'라고 다짐했다. 그냥 보고 지나치기 아까운 지면은 오려서 노트에 붙였다. 그때 한 스크랩은 아직도 보관하고 있다. 지금 생각해 보니 요즘 활성화되고 있는 'NIE'(신문활용교육)를 난 초등학교 3학년 때부터 나름대로 한 것 같다. 신문은 "세상을 비추는 창"이라는 말을 실감하며 나의 신문 사랑은 지금까지 이어지고 있다.

2016년 창간 52주년을 맞은 국방일보는 국방 전반을 아우르며 국방 정책과 부대 활동, 병영 이야기 등 다양한 군 관련 소식을 전달해 주는 국방 전문지다. 최근 기존 야전 지면을 육·해(해병대)·공군별로 구분해 각 군 차별화를 통한 전문성을 강화하는 등 지면 쇄신을 하고 있다. 국방일보는 우리 군의 모습을 가장 손쉽게 접할 수 있는 메신저가 아닐까 싶다.

모니터 요원이 하는 일은 매일 배달되는 국방일보를 읽고 8개 분야로 나누어 지면에 대한 소견을 적어 올리는 역할이다. 지면에 대한 전체적인 평가에 대해 총평을 하고, 구성 및 기사의 제목 선정, 내용의 시의적절 여부, 정확성, 기획력 등을 본다. 그 외 편집 부분에서는 그래프, 도표 등 활용의 적절성, 편집 배열 상태, 시각적 조화 등을 확인하고 사진의 상태를 살피고 오류 사항, 개선 방향을 점검한다.

이 활동을 하면서 내게 온 가장 큰 변화는 분석력과 관찰력이 생겼다는 점이다. 어떤 사물을 보더라도 어떤 면이 좋고 보완 사항은 무엇인지 특이점을 찾다 보니 포인트 잡는 법이 눈에 들어온다. 그러나 갈수록 지면이 쇄신되어 오류 찾기가 쉽지 않다.

2015 하반기 국방홍보원 매체 발전 토론회에서는 우수 모니터로

선정되어 사례 발표를 했다. 『하루키 스타일』에서 일본 작가 무라카미 하루키가 "나는 서평과 비평 같은 일에 관여하지 않고 싶다. 제일은 사람들이나 세계를 관찰하는 것이지 판단을 내리지는 않는다. 결론 내리는 것과는 거리를 두고 있다."라고 한 말을 인용하며 '어머니 모니터가 뽑은 2015 하반기 국방일보 베스트'를 소개했다.

나는 세계적인 작가의 이 겸손한 말이 생각난다고 말하며 관찰자의 심정으로 발견한 몇 가지 사례를 전했다. 내가 선정한 기사 중에는 소설『명량』, 『국제시장』의 김호경 작가를 인터뷰한 무지개 병영 토크가 포함되어 있었다. 이 자리에는 공교롭게도 김 작가도 참석해 나의 사례 발표를 지켜봤다. '작가님이 참석하는 줄 미리 알았더라면 좀 더 준비를 잘했을 텐데……'라는 생각을 했다. 잊지 못할 우연이었다.

김 작가의 "수백 권의 베스트셀러보다 단 한 권이라도 고전을 읽어야 한다. 35세 이전에는 자동차 운전하지 마라. 버스나 전철을 타고 다녀야 성공한다. 대중교통을 이용하면 많은 것을 생각할 수 있기 때문이다." 등 따뜻한 조언이 인상 깊었다고 말했다. 해병대 출신인 김 작가는 군에 대한 애정이 남다르다. 2015년에는 공군이 추진한 순회식 북콘서트의 강사로 전국 격오지 부대를 찾아가 50여 회 강연을 했고 국방일보 병영 칼럼 필진으로도 참여했다.

2016년에도 변함없이 모니터 활동을 하게 되었다. 국방일보 반세기 역사 속에 단련된 기자들의 글을 감히 평하는 게 조심스럽기

국방홍보원 매체 발전 토론회에서

도 하다. 하지만 아들을 군에 보낸 엄마의, 군에 대한 '애정 어린 관찰'이라는 자세로 임하고 있다.

국방기술품질원 어머니 장병급식 모니터링단

현 정부에서는 '소통'을 국정의 4대 기조로 규정하고 있다. 국민이 참여하는 군 급식 환경을 조성하고자 2014년부터 어머니 장병 급식 모니터링단을 운영하고 있다. 모니터링단은 병식 체험, 군 급식 위생 점검, 참관, 시식 평가 등을 통해 먹거리의 안전성을 확인하고 국민 행복 정부 3.0 핵심 가치를 반영함으로써 국민 참여 정책의 시범 사례로 평가 받고 있다.

어머니 장병급식 모니터링단 활동 역시 아들의 입대에서 비롯되었다. 전 군의 장병 식단 재료와 맛, 반찬 구성 등을 점검하고 급식류 납품 업체를 방문해 품질의 상태를 살펴보고 개선점을 찾는 역할을 한다. 그 결과 모니터링단의 제안으로 군 급식에 2015년부터 알레르기 유발 식품 표시제가 시행되었다. 아울러 각 매체에 군 급식의 현주소를 알려 군 급식에 대한 이해와 관심도를 높이고 있다.

장병급식모니터링단으로 활동하면서 방문한 해군 부대에서

2015 경북문경 세계군인체육대회 블로그 기자

'어~ 우리나라에서 처음으로 군인 올림픽이라 불리는 세계군인체육대회가 열린다!'

경북문경 세계군인체육대회를 1년 6개월여 앞둔 2014년 4월, 이름도 생소한 1기 세계군인체육대회 블로그 기자단 모집 공고를 보았다. 아들을 군에 보내고 군복만 보아도 뒤를 돌아보는 습관이 생긴 터라 주저 없이 지원했다. 이후 블로그 기자단으로는 유일하게 대회가 열린 3기까지 활동했다.

매 기수마다 선발된 시민 기자와 병사 기자 총 40여 명은 주 개최

도시인 문경시를 방문해 국군체육부대 주경기장 등을 둘러보며 대회 준비 상황을 확인했다. 대회가 열릴 때까지 대회 홍보를 위한 블로그 운영을 활성화하는 일을 했다. 대회 특성에 부합하는 다양한 콘텐츠 개발을 통해 네티즌 관심 유발로 홍보 효과를 제고하기 위한 역할이었다.

　1기 활동을 했을 때는 '대회가 1년 이상 남았는데 어디를 취재하지?'라는 생각으로 방향이 잘 서지 않았다. 그러나 2기, 3기를 거치는 동안 경북 8개 시·군에서 개최되는 만큼 개최 도시의 문화, 특산품, 경기 안내 등을 사전에 알리는 일이 필요하다는 점을 깨달았다.
　이 기자단 활동을 통해 경북에 대해 많이 알게 되었다. 마지막 기사는 '개최지 취재로 경북과 가까워졌습니다.'였을 만큼 경북의 매력에 빠졌다. 문경의 문경새재는 한국인이 꼭 가봐야 할 한국 관광 100선에서 1위로 선정됐고, 영주의 '풍기인삼축제'는 문화체육관광부가 뽑은 우수축제인 사실을 알게 되었다. 육지 속의 섬마을 회룡포, 낙동강 1,300리 마지막 남은 주막 삼강주막과 국내 최대 규모 양궁 전용 경기장인 '예천 진호 국제 양궁장'이 있는 예천, 국제슬로시티 상주 등 그간 몰랐던 개최지의 특성을 발견했다.

　여성 예비군 조우옥 기자, 군 생활 경험을 바탕으로 함께한 김가람 기자와 유닛 팀을 구성해 활동한 결과 최우수 기자상을 받게 되었다. 무엇보다 뿌듯한 것은 지방 소도시에서 역대 최대 규모로 개최한 세계 대회가 유사 대회인 인천 아시안게임의 7.4%, 광주U대회의 26% 정도의 예산임에도 성공적으로 막을 내렸다는 점이다. 2015 경북의 청명한 가을 하늘 아래 펼쳐진 세계군인체육대회의 역사적인 현장을 지켜볼 수 있어 행복했다.

국방FM 국방광장 고정 코너를 맡다

"이번에는 '블로그 세상, 어머니 기자가 간다' 시간이죠? 정부 대표 블로그 '대한민국 정책기자단' 등에서 활동하고 계시는 어머니 기자단이 수고해 주고 계시는데요. 오늘은 최정애 어머니와 취재 이야기 들어 보겠습니다."

"네, 오늘은 서울의 새로운 관광 명소로 자리 잡고 있는 청와대에서 가진 범부처 기자단 합동 워크숍 소식을 준비했습니다."

2015년 11월부터 생방송 시사 안보 프로그램 국방 FM(서울 전역 및 수도권 96.7Mhz) 〈국방광장(진행 조화진 PD)〉에 고정 코너를 맡아 정책 소식을 전하게 되었다. 병무청 블로그 청춘예찬 조우옥 어머니 기자와 함께 매주 금요일 오전 8시 30분부터 약 12분간 전화 인터뷰로 진행한다. 지금까지 청와대 관람, 광복드림팀 활동, 완도해양경비안전서, 국내 유일 드론운용 특성화 부사관과인 한국영상대학교 영상정보부사관 등을 소개했다.

이 방송에 섭외를 받은 이유는 아들 입대를 계기로 입문한 정책기자 활동 때문이었다. 2015년 특히 관심을 가지고 쓴 기사는 한국정책방송원(KTV)이 국민이 꼭 알아야 할 유용한 최신 정책 정보나 정책 상식을 퀴즈로 기획한 프로그램인 〈대한민국 정책퀴즈왕〉이다. 첫 녹화 현장과 국군의 날 사관학교 특집, 최종 결승전까지 집중적으로 참관하고 기사를 썼다. 정책 기사를 쓰는 입장에서 전국 대학생들이 2인 1조로 팀을 이루어 다양한 정책을 놓고 대결을 벌이는 이 프로그램에서 많은 취재 소스를 제공받기도 해 관심을 갖게 됐다.

〈대한민국 정책퀴즈왕〉 관련 기사를 본 〈국방광장〉 작가로부터 연락이 왔다. '어머니 기자가 간다'라는 고정 코너를 만들어 매주 정책 소식을 전하고 싶다는 뜻을 밝혔다. 정책기자를 하면서 실생활에 유용한 정책이 널려 있어도 모르면 쓸모가 없다는 사실을 실감하였기에 가능한 알기 쉽고 재미있게 정책을 소개하고자 노력한다. 라디오를 통해 전하는 정책도 기사 못지않은 파급효과가 있을 것 같아 흔쾌히 참여 의사를 밝혔다. 특히 아들 입대를 계기로 군 관련 일도 하고 있기에 〈국방광장〉과의 인연은 더욱 소중하게 다가왔다.

〈국방광장〉은 내가 올린 기사를 토대로 진행자가 질문을 하면 답하는 형식이다. 12여 분간 하는 인터뷰는 결코 짧지 않다. 격의 없이 하는 수다 형식의 대화는 1시간을 해도 부담이 없지만 생방송은 수정이 불가능하기에 시사 안보 프로그램인 만큼 정확성이 요구된다. 쓴 기사를 재확인하며 해당 정책에 대한 이해를 높여야 한다. 내가 전한 정책 소식이 국방FM 청취자들의 생활에 보탬이 되기를 바라는 마음으로 방송에 임한다.

독서는 전투력!
병영 독서에 앞장서는 사람들

병영 독서를 통한 병영 문화 개선 캠페인을 펼치며

병영 매거진 「HIM」으로 장병들에게 힘을 주는

(사)사랑의책나누기운동본부 민승현 본부장

"군 복무 중의 독서를 사치로 여긴, 따라서 지적 암흑기나 다름없던 과거와 달리 이제 독서는 군인들의 필수 행동이 되어야 합니다. 장병 여러분이 군 복무 기간 동안 자신을 얼마나 잘 관리하고 개발하는가 여부는 개인의 문제가 아니라 군의 전투력과 나아가서는 국가 경제 성장에도 매우 중요한 변수라고 생각합니다."

2006년 3월 모 일간지에 나온 「병영의 독서, 강한 군대 만든다」라는 제목의 칼럼을 스크랩해 두었다. 평소 독서에 관심이 많고 입대할 아들을 둔 엄마이기에 사랑의책나누기운동본부 민승현 본부장이 쓴 이 글에 공감하며 지금까지 간직하고 있다.

이를 계기로 2005년에 이어 2012년 10월 문화체육관광부가 주최한 독서문화상 대통령상을 수상한 사랑의책나누기운동본부를 보다 자세히 알게 되었다. 1999년 설립된 운동 본부는 1999년 육군 제1사단에 1호 병영 도서관인 전진도서관 개관을 출발로 현재 80개 부대에 병영도서관을 개관하며 작가·명사와의 만남, 병영 독서 코칭, 토론이 있는 병영 북 콘서트 등 '책과 문화가 있는 병영 캠페인'을 펼쳐 왔다. 2012년부터는 국방부 및 문화체육관광부와 함께 병영 독서 활성화 지원 사업을 전군 대상으로 진행 중이다.

한편 지난 2011년 5월에는 최초의 병사 대상 병영 매거진 월간 「HIM」을 창간해 젊은 장병들에게 사랑받는 매체로 키워 냈다.

민승현 본부장은 "매년 27만 명의 젊은이가 입대해 2년 가까운 시간을 사회와 단절된 군대에서 보내고 있습니다. 그럼에도 대한민국 60만 장병을 위한 전문 잡지가 없다는 것이 항상 아쉬웠습니다. 그래서 그동안의 노하우를 바탕으로 장병들의 눈높이에 맞춘 새로운 개념의 병영잡지를 창간했습니다."라고 창간 배경을 설명하며 "「HIM」은 국방에 헌신하는 장병은 물론 그들을 성원하는 국민과 함께, 군 복무 기간을 인생의 황금기로 전환시켜 다시 사회에 성공적으로 복귀할 수 있도록 이끌어 주는 길잡이가 되고자 합니다."라고 말한다.

2012년 국방부 중대급 보급 정기간행물로 선정된 「HIM」은 육해공군 해병대를 비롯하여 의경 및 공익근무요원들에게 배포되고 있다.

「HIM」 유성욱 편집국장은 "군복 입은 모습이 당당하고, 군인이 자부심이 되는 사회가 되었으면 한다. 「HIM」은 고된 훈련을 견디며 묵묵히 소임을 다하고 있는 청춘들의 의견을 최대한 반영한다. 사회와 단절되어 있는 군인들에게 다양한 정보를 제공하는 종합 비타민 같은 역할을 하고 싶다."라고 편집 방향을 밝혔다.

입구부터 '군대가 스펙이다' 등의 각종 슬로건이 적힌 박스가 가득한 운동 본부 사무실에 들어서니 벽면을 메운 '나 태어난 이 강산에 군인이 되어', '군대軍隊를 군대軍大로' 등의 캠페인 포스터들이 정말 정겹다. 반갑게 맞는 「HIM」 편집인이자 본부장인 민승현 님의 가녀린 체구에서 뿜어나는 열정에 덩달아 힘이 솟는 듯했다.

정치하는 집안에서 어린 시절을 보내며 남다른 국가관을 갖게 되었다는 그는 오랜 기간 병영 독서 운동을 펼치며 독서가 젊은 장병들의 성장은 물론 소통을 통한 공동체 생활 및 전투력에 미치는 영향이 크다는 것을 절감했다고 한다. 그래서 더욱 군 독서도 훈련처럼 정규 시간으로 배정되기를 바라며 병영 독서 캠페인을 추진하고 있다. 이런 계획은 한 단체의 힘만으로는 할 수 없는 일이기에 여러 유관 기관과 협의를 통해 아이디어를 내고 실행하고 계획하여 만들고 있다고 한다.

"우리나라 군인은 세계 최고의 학력을 가지고 있습니다. 그러나 군 생활에서 머리가 정지되고 새로운 지식과 정보를 얻을 수 없어 군에 가면 퇴보한다는 생각을 많이 합니다. 이것은 개인뿐만 아니라 국가의 발전을 위해서도 불행한 일이 아닐 수 없습니다. 무엇보다 지적으로 가장 왕성한 시기에 독서를 통해 길러진 인재들이 국가 발전에 기여한다면 그것이 바로 국가경쟁력을 높이는 길이고, 돈으로 환산하기 어려운 경제적 가치를 지니는 일입니다. 더욱이 우리나라 군 복무는 의무제이기 때문에 국가와 국민을 위해 헌신하고 희생하는 이들에게 최소한의 보답을 하는 것이 국민의 도리라는 생각입니다. 이를 위해 국민의 도움이 절실합니다."

강원도 한 GOP 부대에 컨테이너 북 카페와 도서를 기증하고 감사장을 받고 있는 민승현 본부장

평소 겁이 많은 큰 아들이 입대를 앞두고 고민을 많이 했다고 하는데 "나 군대 안 가면 안 되겠느냐?"는 큰 아들의 말에 "네가 신의 아들이냐. 군대는 꼭 가야 한다."고 말했다고 한다. 하지만 "부모 마음은 다 같지 않겠는가?"라며 같은 뜻을 가진 어머니 기자를 만나 참으로 반갑다는 민 본부장. "어머니들이 나서면 뭐든 할 수 있다. 뜻이 있는 어머니 열 명이 백 명이 되고 백 명이 천, 그리고 백만이

되어 우리 군을 응원해 주었으면 한다. 여자는 약하나 어머니는 강하다."라는 그의 말이 뇌리를 떠나지 않는다.

독서는 미래 인재 양성의 지름길

병영 독서 운동 펼치는 (사)국군문화진흥원 최병헌 사무총장

2012년 6월 1일 서울 용산역 4층 TMO(국군철도수송지원반)에 여행 장병 라운지 1호가 리모델링하여 새롭게 문을 열었다. 현재 전국 50여 개 TMO에 휴가나 출장 중인 병사들이 열차를 기다리며 휴식을 취할 수 있도록 꾸며졌다. 인터넷과 텔레비전, 전화가 설치되어 있고 음료와 다과까지 무료로 제공된다. 여기에 최신 도서 1,000여 권이 비치된 독서 공간인 이동 장병 도서관이 마련되었다. 경제, 경영, 문학, 소설, 자기 계발 등 기증받은 여러 장르의 책이 장병들을 기다리고 있다.

독서지도사로도 활동하고 있기에 장병들을 위해 도서를 기증해 준 고마운 주인공이 더욱 궁금했다. 알고 보니 2000년도부터 대한민국 국군의 문화생활에 관한 도서 보급 및 독서 운동, 저자 강연 등을 펼치고 있는 (사)국군문화진흥원이었다. 서울 금천구 시흥대로에 위치한 국군문화진흥원에서 최병헌 사무총장을 만나 장병 독서 운동에 얽힌 사연을 들어보았다.

한눈에 집념과 강단이 느껴지는 최 사무총장은 "국비로 운영되는 군대 학교(공군항공과학고)를 나와 17년간 군 생활을 했다. 나라에서 혜택을 받은 만큼 돌려주고 싶은 마음을 늘 가지고 있었다. 전역 후 도서 유통 일을 하면서 군대에 책을 보급해 주면 좋겠다는 생각이 들어 제가 몸담았던 공군 부대부터 시작했다."라고 배경을 설명했다.

이렇게 시작한 도서 보급 운동은 이제 육·해·공·군 전군의 도서 기증을 넘어 군대 문화 발전을 위한 복합 문화 단체로 발돋움하기에 이르렀다. 2000년부터 350만 권가량을 꾸준히 보급하게 된 것이 계기가 되어 2010년 사단법인 국군문화진흥원이 탄생했다. 2011년 말에는 도서 기증과 병영 문화 개선을 통한 국군 사기 진작에 대한 공로로 국방부장관과 문화체육관광부 장관 표창을 받았다.

장병 독서 문화 정착을 위해 2015년 1월 22일 가진 육군본부 도서 기증식

16년째 장병들을 위한 독서 운동을 하는 최 총장의 노력에 각 출판사, 기업, 단체들도 적극 동참한다. 연간 30만 권 이상의 도서

를 지원하며 국방부 후원으로 전군을 대상으로 한 합동 기증 운동을 진행하면서 전문적인 봉사 단체의 면모를 갖추었다. 도서 보급은 물론, 저명인사 초청 강연, 콘서트 등도 열 계획이다. 장병뿐 아니라 군인 가족과 부대 인근 주민들에게까지 독서 문화를 보급하고자 2012년 6월 22일 국립서울현충원에 열린 도서관 1호를 개관했다.

소속 장병들에게 책을 읽히고자 하는 열망이 있는 부대장을 보면 기쁘다는 그는 이런 부대는 적극적으로 지원해 주겠다고 밝혔다. 다음은 전국의 부대에서 국군문화진흥원으로 배달된 메시지다.

"우리 대대는 전방 최전선 GOP에 근무하는 부대입니다. 장병들의 체력과 전투력은 매우 중요합니다. 하지만 그것을 뒷받침해 주는 정신력이 없다면 외형 전투력은 껍데기에 불과합니다. 중국의 원자바오 총리는 자신의 성공 비결과 경륜의 실체는 만 권의 책이라고 밝혔습니다. 현재 대대에서는 병영 도서관을 새롭게 개장하고 독서 경연 대회, 독후감 공모전 등 다양한 활동을 진행 중입니다. 국군문화진흥원에서 책을 기증해 주신다면 부대의 독서붐과 국군의 강력한 전투력 발휘에 큰 도움이 될 것입니다."

한편 2014년에는 육군본부, 공군본부와 업무 협약을 체결했고, 최 총장은 공군을 빛낸 인물로 선정되었다. 2015년 현재 개관한 열린 도서관 7곳은 국립서울현충원, 백령도 청룡회관, 공군 공중기동비행단, 해군 1함대 아파트, 강원도 화천군 다목리 장병 안내소, 공군 1전투비행단, 양구 장병 안내소다.

성공적인 군 생활은 국가 발전에 이바지

2015 독서문화상 대통령상 수상자

국민독서문화진흥회 김을호 회장

"문화 소외 지역 및 해외 동포에게 책 보내기를 시작으로 농어촌·산간벽지 초등학교에 마을 도서관 개설 운영, 학부모(학생, 교사), 군 장병 독서 강연과 한국독서교육신문 발간을 통하여 독서 문화 확산을 위한 지속적인 노력, 공공도서관과 학교도서관의 독서치료를 위한 프로그램을 개발하고, 운영함으로써 기관별 독서 치료 서비스 확산에 기여……."

2015년 9월 18일 인천종합문화예술회관에서 열린 '제21회 독서문화상' 수상자들이 펼친 독서 활동들이다. 문화체육관광부는 매년 9월 독서의 달을 기념해 독서 문화 진흥에 기여한 유공자를 발굴하여 시상한다.

2015 독서문화상 대통령 표창은 김수연 작은도서관만드는사람들 대표와 김을호 국민독서문화진흥회장에게 돌아갔다. 국무총리 표창은 육군인사사령부와 김현애 한국독서지도연구회협동조합 대표가 수상의 영예를 안았다.

독서문화상 시상식은 유네스코 지정 '2015 세계 책의 수도' 인천에서 역대 최대 규모로 치러진 제2회 독서 대전과 함께 개최됐다. 이 자리에서 문화체육관광부 박민권 제1차관은 "책의 수도로 선정되어 세계 독서 문화의 중심 도시로 활동하게 된 인천에서 열리게 되어 더욱 뜻깊다. 정부는 책 읽는 사회 분위기를 만들고 일상에서 책을 더 가까이할 수 있도록 길 위의 인문학과 인문 독서 아카데미 등 다양한 독서 프로그램을 운영하고 있다. 여러분 각자 삶의 자리에서 독서 분위기 조성에 앞장서 주신 점 감사드린다. 국민이 일상에서 문화를 느끼는 문화 융성이 앞당겨질 수 있도록 힘을 모으자.”고 강조했다.

김을호 회장(왼쪽에서 6번째)이 육군3사관학교에서 열린
리틀라이브러리 개관식에서 테이프 커팅을 하고 있다

대통령상 수상자 김을호 회장은 2005년부터 학생, 교사 및 군 장병을 대상으로 독서 강연회를 운영하고, 학부모를 대상으로 하는 서평단 조직 및 무료 독서 교육 전문가 과정(3주)을 운영한 점을 높게 평가 받았다. 또 전국 병영과 독서 동아리에 도서를 지원하고 독서 컨설팅 등의 독서 재능 기부를 했다. 아울러 서평 프로그램을 개발해 보급, 시행하고 한국독서교육신문 발행 등 균형 잡힌 전국 독

서 문화 운동을 전개한 점도 인정받았다.

특히 병영 독서에 힘을 쏟고 있는 김 회장은 "성공적인 군 생활은 사회문제 해결과 국가 발전에도 이바지한다. 60만 군인이 사회에 나와 몇 년 후면 가장이 된다. 군에서의 독서 역량이 사회에서 효과적으로 적용되기를 바란다."라며 병영 독서의 중요성을 설명했다.

광복 70년 공식 서포터즈
광복드림팀으로 활동하며

80세 어르신, 광복 70년 알리기 선봉에 서다!

광복드림팀 최고령 서포터즈 윤용황 어르신(정책브리핑 2015년 8월 5일)

"광복드림팀 일동은 국민 모두가 민족의 국난 극복과 눈부신 발전의 역사를 되돌아보고 새롭게 도약하는 계기가 될 수 있도록 광복 70년의 의미를 널리 알리는 일에 앞장선다."

지난 7월 7일 광복 70년 기념사업추진위원회 공식 서포터즈 광복드림팀 발대식에서 선서를 한 윤용황 어르신은 70명의 광복드림팀원 중 최고령으로 80세다. 그는 '광복 70년을 맞아 광복의 의미와 기념사업을 국민에게 전달한다(드린다).'는 뜻으로 구성된 광복드림팀 활동에 누구보다 적극적이다.

경기도 실버 정보 경연대회에서 금상을 받을 정도의 실력으로 관련 정보를 전달한다. 최근에는 왕복 4시간을 손수 운전해 충남도청에서 열린 독립 유공자 초상화전에 다녀와 재빨리 기사를 올렸다.

경기도 고양시 일산 킨텍스에서 열린 대한민국 과학 창의 축전에도 팀원 중 가장 먼저 달려갔다.

휴대폰 통화 연결음 '독도는 우리 땅'을 타고 들리는 목소리도 활기차다. 독립 유공자의 후손인 그가 잡은 인터뷰 약속 장소 또한 남달랐다. 7월 24일 광복 70년 특별전 '나는 싸우고 있다'가 열리고 있는 서울역사박물관에서 어르신을 만났다. 광복드림팀 유니폼을 입었고 광복드림팀 서포터즈 기자증을 목에 걸고 있었다.

서울 종로구 새문안로 서울 역사박물관 입구에 전시된 전차를 보며 "전 직장이었던 기상청이 이 옆에 있었다. 당시 월급 대신 받은 밀가루를 어깨에 메고 전차에 실어 집으로 운반했다."라며 "나중에는 밀가루가 무거워 돈으로 바꾸기도 했다. 돈으로 바꾸면 중간 마진을 떼기 때문에 배불리 먹을 양식을 사지 못했다. 해서 다시 밀가루를 전차에 싣고 가 수제비와 칼국수를 만들어 배불리 먹었다."라고 회고하며 광복드림팀 지원 동기를 밝혔다.

그는 "광복드림팀 지원서에 '순국선열을 비롯하여 독립 유공자의 숭고한 뜻을 받들어 민족정기를 선양하고 국가 발전과 평화통일에 어느 누구보다 이바지해야 할 광복회 일원으로서 광복드림팀 활동에 참여했다'라고 썼다. 그랬더니 뽑아준 것 같다."고 웃었다.

광복 당시 그는 11살이었다. 방송을 통해 일본 황제가 항복하는 장면을 보고 집에서 2km 떨어진 학교로 달려가 태극기를 들고 환호했던 기억을 생생히 떠올렸다. 시골길을 달리다 넘어지고 무릎이

광복 70년 서포터즈 광복드림팀 발대식에서 선서를 하고 있는 윤용황 씨(왼쪽)

깨져도 광복의 기쁨에 아픈 줄을 몰랐다. 광복 후에는 그토록 염원했던 우리말을 마음대로 쓸 수 있었다. 그러나 자꾸만 일본 말이 튀어나와 선친에게 매도 많이 맞았다.

당시 일본은 일본 말을 잘하는 학생들에게 가슴에 메달을 꽂아주며 일본 말을 장려했다고 한다. 국가보훈처로부터 받은 국가유공자 증서와 참전 유공자 증서를 보여 주며 "6·25 때는 소년병으로 입대해 내 고향 강화도를 사수했다. 1·4 후퇴 때 중공군이 서울과 오산까지 점령했지만 강화도는 안전했다. 소년병들의 위력이 대단했다."라며 "1954년에 정식 입대해 하사로 4년간 복무했다. 전역후 국립기상기술원양성소에서 연수를 받은 것을 계기로 35년간 기상청에서 근무했다."라고 지난날을 더듬었다.

선친이 꼭 서울로 보내 공부시키라고 유언할 정도로 윤 씨는 총명했지만 일제강점기와 해방 그리고 전쟁을 겪으며 학업은 이어지지 않았다. 경남 통영의 충무 기상대 근무 시 해양전문대 기상 관련

학과에서 강의를 맡으면서 학업을 재개했다. 방송통신대에 입학해 농학사가 됐고, 연세대 공학대학원에서 환경공학 석사 학위를 받는 등 끊임없이 자기 계발을 했다.

1996년 대전지방기상청장을 끝으로 정년퇴직을 한 그는 "기상청 분야의 전문성을 살려 국립 과천과학관에서 지진과 태풍을 주제로 체험 및 전시물 해설을 하고 있다. 전직 공무원으로서 지역사회에 봉사한다는 마음으로 임한다."라며 "광복회 이사를 거쳐 대의원으로 활동하면서 진정한 광복은 남북통일이라는 점을 뼈저리게 느낀다. 비단 통일은 되지 않았지만 온몸으로 뛴 애국지사들이 있었기에 광복 70년을 맞게 됐다. 앞으로 후손들이 할 일은 남과 북이 하나가 될 때까지 힘을 보태는 일이다."라고 밝혔다.

대한민국은 1945년 광복 이후 가난과 전쟁의 폐허 속에서도 국민들의 노력으로 세계 8대 무역 강국 진입, 올림픽 유치와 성공적인 월드컵 개최, 한류 수출 문화 강국으로의 부상 등 위대한 역사를 일구었다. 이제 이러한 성취를 이뤄낸 역량과 자부심을 바탕으로 온 국민이 하나 되어 광복 이후 미완의 과제로 남아 있는 통일국가의 전기를 마련하는 등 광복 100년의 드라마를 준비해야 할 때다.

각계각층의 국민 70명으로 구성된 광복드림팀이 이 드라마에 동참하기 위해 깃발을 올렸다. 12월 말까지 '위대한 여정, 새로운 도약'을 슬로건으로 다양한 광복 70년 기념사업 홍보 활동을 펼쳤다.

우정의 어울림 평화의 두드림
2015 경북문경 세계군인체육대회

117개국 7천여 군인이 참가한
2015 경북문경 세계군인체육대회 개회식

전국에서 가장 긴 백두대간이 정기를 뿜어냈다. 캔버스를 옮겨 놓은 듯 청명한 문경의 가을 하늘에는 공군 특수 비행 팀 '블랙이글'의 에어쇼가, 지상에는 국방부 의장대 의장 시범과 육군 특전사의 태권도 시범이 펼쳐졌다. 세계 군인들이 각양각색의 자국 군복을 입고 입장하는 군복의 향연이 이어졌다.

대지 면적 약 150㎡(약 45만 평)의 국가 체육을 선도하는 엘리트 군인 선수의 요람, 국군 체육 부대(상무) 메인스타디움에서 10월 2일, '2015 경북문경 세계군인체육대회'의 팡파르가 울렸다.

국제군인스포츠위원회(CISM)가 주최하고 국방부(2015 세계군인체육대회 조직 위원회)가 주관하는 이번 대회는 '우정의 어울림, 평화의 두드림Friendship Together, Peace Forever'을 주제로 10월 2일부터 11일까지 10일간 문경을 비롯하여 경북 8개 시·군에서 분산 개최된다.

〈하나 됨(The One)〉을 주제로 국군체육부대에서 열린 개회식

6회째를 맞은 이번 대회는 역대 최대 규모인 117개 나라에서 7,045명의 군인이 참가해 총 24개 종목(일반 종목 19개 · 군인 종목 5개)에서 금메달 248개를 놓고 열전을 펼친다.

군인체육대회라니 조금은 생소하다. 세계군인체육대회는 지난 1995년 이탈리아 로마에서 처음 열렸다. 올림픽처럼 4년마다 한 번씩 열린다. 우리나라에서 열린 건 이번이 처음이다. 군인체육대회라는 특화된 이름답게 육군 5종, 공군 5종, 해군 5종, 고공 강하, 오리엔티어링 종목 등 군인 체육대회에서만 볼 수 있는 경기 종목들을 선보여 더욱 눈길을 끈다.

육군 5종 중 투척(실제 수류탄과 무게, 크기가 같은 모형 수류탄 던지기), 산속에서 지도와 나침반만 들고 지정된 곳을 찾아가는 경기인 오리엔티어링, 해군 5종 중 선박 조종과 인명 구조 수영, 고공 강하(약 1km

상공의 헬기에서 뛰어내려 반지름 16cm 전자패드 안에 착지하는 경기), 공군 5종 중 약 183m 상공에서 40분간 훈련기를 타는 비행 경기 등은 군인 체육대회에서만 볼 수 있는 경기로 특유의 스릴을 제공한다. 그 열전을 알리는 개회식은 사전 문화 행사, 공식 행사, 식후 문화 행사, 피날레로 나뉘어 3시간 동안 진행됐다.

세계군인체육대회 공식 언어인 프랑스어를 알파벳 순서에 따라 남아프리카공화국 선수단이 가장 먼저 입장하고 개최국 대한민국 선수단은 마지막 순서인 117번째로 들어왔다. 278명(남자 227, 여자 51)명이 참가하는 대한민국 선수단은 종합 3위를 목표로 하고 있다.

김상기 조직 위원장은 환영사에서 "민·관·군으로 구성된 서포터즈를 구성해 경기 중에는 응원을, 경기 막간에는 볼거리와 즐길 거리를 펼칠 것"이라며 "우정과 평화를 더욱 확산하기 위해 비회원국을 초청했으며, 평화를 위해 몸 바친 상이군인도 참여하는 최초의 대회로 준비했다."라고 밝혔다.

이어 박근혜 대통령이 "군인들이 우정을 나누며 평화를 약속하는 스포츠 축제인 세계군인체육대회 개회를 선언합니다."라고 개회를 알리자 대회 깃발이 국군 체육 부대 메인스타디움 게양대에 걸렸다. 선수와 심판, 코치의 대표 선서를 끝으로 공식 행사는 막을 내리고 식후 문화 행사로 들어갔다.

〈하나 됨The One〉을 주제로 한 공연은 대한민국 경북 문경에서 만난 세계 군인들의 마음속에 우정의 불, 평화의 불, 화합의 불로 하나 되어 역동적인 에너지를 탄생시킨다는 의미를 담았다. 공연 중간에는 참가 선수들이 줄다리기 퍼포먼스와 한국의 전통 놀이인 차전놀이를 선보여 분위기를 돋웠다.

개막식의 피날레는 솔저 댄스 퍼포먼스와 '신 문경 아리랑'으로 장식했다. 이번 대회를 위해 특별히 만들어진 솔저 댄스는 세계에서 모인 군인들이 하나가 될 수 있도록 누구나 따라 할 수 있는 안무로 제작됐다. 한국의 민요인 '쾌지나 칭칭나네'와 우리의 전통음악을 현대적으로 재해석한 '신 문경 아리랑' 가락에 맞춰 현장의 선수와 관객들이 하나로 어우러지면서 개회식의 막이 내렸다.

저비용 고효율 대회로 평가받은
'2015 경북문경 세계군인체육대회' 폐회식

'우정의 어울림, 평화의 두드림Friendship Together, Peace Forever'을 슬로건으로 경북 8개 시·군에서 열린 2015 경북문경 세계군인체육대회가 막을 내렸다. 대회 기간(10월 2일~10월 11일)까지 10일 동안 청명한 가을 하늘 아래 진행됐지만 폐회식이 있었던 11일은 비가 오락가락해서 마음을 졸였다. 행사 초반 비옷을 입고 출발했지만 바로 비가 뚝 그쳐 그동안 준비한 프로그램을 유감없이 선보였다.

한국은 금메달 19개, 은메달 15개, 동메달 25개를 획득해 종합 4위에 올랐다. 1위는 러시아(금 59, 은 43, 동 33), 2위는 브라질(금 34, 은 26, 동 24), 3위는 중국(금 32, 은 31, 동 35)이 차지했다.

2015년 10월 11일 오후 5시 30분 경북 문경시 호계면 상무로 국군체육부대 메인스타디움에서 열린 폐회식은 각국 간의 화합을 다지고 인류애를 되새기는 〈평화의 축제 한마당〉으로 진행되었다.

폐회식은 태권도 시범, 솔저 댄스 수상 팀 공연, 3군 연합 록공연이 펼쳐진 사전 문화 행사, 선수단 입장, 〈하나 됨The One〉 세레모니, 대회기 하강, 공식 스피치, 차기 개최지 홍보 영상 및 문화 공연 등으로 구성된 공식 행사, 주제공연 〈하나 됨The One〉, 성화 소화, 피날레로 장식한 식후 문화 행사순으로 이어졌다.

1군 사령부 태권도 시범단의 절도 있는 태권쇼로 폐회식의 문이 활짝 열렸다. 이어 개회식과 대회 기간 동안 전 세계 군인들과 관객이 함께 했던 솔저 댄스로 흥을 돋우었다. 전투력 속에 숨어 있던 장병들의 끼와 재능이 발산된 3군 연합 록밴드 공연은 어느 유명 뮤지션 무대 못지않았다.

공식 행사에서 압둘하킴 알샤노 국제군인스포츠위원회(CISM) 회장은 이번 대회에서 최다 메달을 따내 종합 우승을 차지한 러시아(금 59, 은 43, 동 33)에 '최고 국가상'을 수여했다. 대회 성공에 공이 큰 자원봉사자 대표에게 전달하는 '감사의 꽃다발'을 걸어 주며 격려했다.

2019년 세계군인체육대회 개최지인 중국 우한의 문화 공연에 이어 한민구 국방부장관의 "2015년 경북문경 세계군인체육대회 폐회를 선언합니다."라는 말로 공식 행사는 끝이 났다.

이어진 식후 문화 행사 〈하나 됨The One〉은 '평화의 기틀', '우정의 나눔', '화합의 완성', '미래로 향한 달', '세계수'를 주제로 한 퍼포먼스였다. 이 공연은 대회 기간에 나눈 평화와 우정이 세계수의 열매가 되어 선수들을 통해 우정과 평화, 화합이 세계 곳곳으로 퍼진다는 의미였다. 10일 동안 국군체육부대 메인스타디움을 밝게 비춰준 성화가 꺼지자 선수와 관중들은 탄성을 질렀다.

저비용·고효율의 국제 대회 모범을 보였다는 평가를 받고 있는 이번 대회의 성공 요인은 먼저 시설과 인력을 잘 활용했기 때문으로 분석한다. 경기 진행과 통역을 돕고 각자 맡은 나라의 응원을 도와준 서포터즈단, 선수촌 아파트를 짓는 대신 도입한 이동식 캠핑카, 또 2013년 문경으로 이전한 국군체육부대 시설을 최대한 활용하고 문경을 비롯하여 경북 8개 시·군에서 분산 개최해 기존 시설을 적극 이용한 점을 꼽는다. 대한민국의 청명한 가을 날씨도 힘을 실어준 것 같다. "한국하면 분단의 이미지가 강한데 이제 아름다운 나라를 떠올릴 것 같다."는 어느 선수의 말을 들으니 참 기뻤다. 이번 사례가 추후 개최되는 체육 행사에 본보기가 되었으면 한다.

바람이 지나간 자리

- 류자

가지 많은 나무에
바람이 일 듯
지지배배 말도 많은
발걸음에 바람이 일렁

봄바람만 한 바람이
또 어디 있을까요
꽃비는 내리고
흐드러진 대기도 향긋

허물어지듯
마음을 내어놓고
꽃바람에 몸을 맡기면
처음부터 하나인 양 흔들

바람이 지나간 자리
꽃잎이 쌓이고
고단한 숨 지나간 자리

제 스스로 치유되니 힐링

2박 3일의 첫 외박
바람처럼 왔다가
꿈처럼 사라져 가 버리니
다시 그리워합니다

1967년 서울에서 태어났다. KBS 라디오에서 일했으며 현재는 문화체육관광부 정책브리핑 정책기자단, 농촌진흥청·산림청·환경부 블로그 기자, 서울대공원 동물원에서 동물과 야생 조류 해설사로 활동하고 있다.

ROTC 1기로 30년 동안 대한민국 군인으로 사셨던 아버지를 존경하며 군인의 딸로서 부끄럽지 않은 삶을 살고자 노력하는 대한민국의 아줌마다.

약력

서울시 서초구 소식지 기자 (2006~2014)
병무청 블로그 어머니 기자 (2011~2014)
서울대공원 동물원 해설사 (2012~)
환경부 블로그 기자 (2013~)
산림청 블로그 기자 (2013~)
농촌진흥청 블로그 기자 (2014~)
방위사업청 '장병급식 모니터링단' (2014)
정책브리핑 정책기자단 (2015~)

수상

병무청 우수 기자 표창 (2011, 2012)
환경부 우수 기자 표창 (2014)
농촌진흥청 우수 기자 표창 (2014, 2015)
방위사업청 '장병급식 모니터링단' 우수 활동가 표창 (2014)

이메일: sinsa1962@hanmail.net
블로그: http://blog.daum.net/sinsa1962
페이스북: https://www.facebook.com/sinsa1962

PART 7

황원숙 어머니 기자

나의 아버지는
대한민국의 자랑스러운 군인이셨습니다

아버지를 생각하면…….

첫 번째로 떠오르는 모습은 반듯하게 다림질 된 군복을 입으시고 지휘봉을 들고 계신 모습입니다. 군용 지프차 1호를 타고 앞자리에 앉으셔서 한여름 뜨거운 태양도 온몸으로 받으며 가시던 아버지, 평생을 군인으로 살아오신 내 아버지. 늘 당당함으로, 대한민국 군인의 자부심으로 사셨던 아버지를 추억하려 합니다.

1959년 전남대학교 농과대학 수의학과에 입학한 아버지는 1961년 엘리트 장교 양성을 위해 전국 16개 종합대학에 설립된 학생 군사 훈련단(ROTC)에 지원하여 1963년 2월 20일 장교로 임관하게 됩니다. 자랑스러운 ROTC 1기 2,624명 중 한 명으로 군 생활을 시작하였습니다. 임관 후 첫 근무지인 양평에서 어머니를 만나 결혼하고, 한양대학교 학군단에서 근무를 하셨지요.

그곳에서 1967년 제가 태어나고 1968년 12월 4일 월남전에 참전하기 위해 가족을 잠시 본가에 맡기고 부산에서 배를 타고 먼 길을 떠나셨답니다. 어쩌면 마지막일지도 모를 길을 떠나면서 젊은 아내와 큰아들, 첫돌도 지나지 않은 저와 가족사진을 찍으셨지요.

월남 파병을 앞두고
마지막일지도 모를
가족사진을 찍었다

주월백마부대 소총중대장으로 월남전에 참전하신 아버지…….

더위와 밀림과 한국군을 향해 총부리를 겨누고 있는 북베트남군의 보이지 않는 실체와 싸우며 매일매일 죽음을 맞닥뜨리며 우리 아버지는 무엇을 지키고자 했을까요.

서른 살의 대한민국 육군 대위이며 어린 두 아이의 아버지가 어깨에 짊어지고 나아간 "나라를 위한 충성!"의 마음은 마흔을 훌쩍 넘겨 버린 제가 지금 생각해 봐도 짐작하기 어렵습니다. 명령에 따른 선택이었겠지만 아버지의 나라를 사랑하는 마음에 고개가 숙여집니다.

얼마 전에 가수 현미 씨가 TV에서 월남에 파견된 한국 군인들에게 위문 공연 갔던 이야기를 하며 "위문 공연이 끝나면 바로 전장에 나갔을 정도로 매 순간이 급박했다. 같이 노래하고 즐겼던 장병들이 싸움터로 나가면 돌아오지 못하더라."라고 말하며 눈물을 흘리던 모습을 보았습니다. 평화를 위해 먼 타국에서 죽음을 앞에 두고 싸웠던 대한민국의 군인. 그 용감한 군인들을 위로하기 위해 비행기를 타고 날아가 전쟁 속에서도 함께 노래 부르며 고향과 가족들에 대한 그리움을 위로하던 연예인들. 모두 어려움을 함께 나누던 정이 있던 시절의 이야기입니다.

총알이 빗발치는 전쟁 속에서 소총중대장으로서의 임무를 마치고 아버지는 다시 고국의 품에 안겼습니다. 하지만 생사를 함께하던 전우들 중에는 살아 돌아오지 못한 분들이 많이 계시다고 했습니다.

아버지가 돌아가시기 전 병마와 싸우면서 병원 입원실에서 제게 들려주신 수많은 이야기 중에는 월남전에서 함께한 전우들의 이야기가 가장 많았습니다. 하루하루 죽음과 싸우며 더위를 견디며 함께 살아서 돌아가자고 했지만 살아 돌아오지 못한 전우들의 이름을 모두 기억하고 계셨습니다. 그것이 아버지에게는 추억이었을까요. 고통이었을까요.

군인의 가족으로 아버지의 복무지를 따라 이삿짐을 싸고 푸는 것은 다반사이지요. 저희도 학교를 이곳저곳으로 옮겨 다니느라 친구를 사귈 시간도 없었고요. 언제나 좋은 놀이터는 전방 부대 근처인

ROTC 임관 후 동기들과 함께한 사진.
맨 왼쪽이 필자의 아버지

아버지 관사 주변의 냇가와 산이었습니다. 어쩌다가 함께 놀아 주
는 군인 아저씨라도 있다면 그날은 해가 넘어가는 줄도 모르고 신
나게 놀았던 기억이 납니다. 아파도 국군 병원으로 갔던 기억 또한
지금도 또렷합니다. 가끔 아버지 지프차를 얻어 타고 동네 한 바퀴
라도 도는 날은 제 어깨에 별이라도 달린 양 의기양양했었습니다.

　군인의 딸로 태어나 자라면서 한 번도 기죽어 보지 않고 늘 싸우
고 도전하는 정신으로 쓰러져도 다시 일어나는 군인 정신으로 자랐
습니다. 새벽 4시 기상, 내무반(각자의 방)청소, 검열 그리고 9시 취
침. 대학 다닐 때는 해 떨어지는 시간이 저의 귀가 시간이었어요.
한겨울엔 수업 마치면 바로 집으로 직행해야 했고, 해가 긴 한여름
엔 저녁 8시까지 친구들과 즐기는 혜택을 볼 수 있었지요.

그때 당시는 내 생활이 너무 고리타분하게 느껴졌지만 돌이켜 생각해 보면 그렇게 날과 각을 잡아 산 저의 20대가 있었기에 오늘의 제가 바른 생각으로 부지런히 삶을 살고 있는 것 같다는 생각을 해 봅니다.

2009년 4월 11일 대한민국의 자랑스러운 군인으로 살아오셨던 생을 마감하시고 국립대전현충원에 계시는 아버지. 나라의 안녕을 위해 평생, 한반도의 최전방을 지키며 그 자부심으로 살아오시면서도 우리들 2남 2녀에게는 더없이 다정한 아버지셨습니다.

서울 능동의 어린이대공원이 개장하던 1973년 5월 5일 개장과 동시에 입장하여 아버지와 함께 하루 종일 놀이기구를 타며 즐거워 했고 1984년 5월에 문을 연 서울대공원 동물원에도 아버지와 우리 4남매가 손잡고 놀러 갔었습니다.

예쁜 꽃을 좋아하시던 아버지는 하얀 목련이 필 때쯤 이 세상 소풍 마치고 하늘로 돌아가셨지요. 강함과 부드러움을 함께 지니셨던 아버지, 좋아하시던 막걸리 한잔에 세상 시름 모두 털어버리시던 모습이 아직도 눈앞에 선합니다.

나에게 언제나 힘이 되어 주시고 나의 당당함의 근원이셨던 아버지. 이제는 "큰딸" 하고 불러 주시지 못하지만 거실 창가에 아침마다 나팔꽃으로 피어 자꾸 웃어 주시는 아버지.

아버지는 30년을 군인으로 사셨고 저는 평생을 군인의 딸로 살 것입니다. 아버지와 함께한 저의 평생이 자랑스럽습니다.

아버지 사랑합니다.

나에게도
스무 살 적 청춘이 있었답니다

아! 스무 살······.

꽃다운 청춘의 나이, 스무 살을 부를 땐 왠지 첫 글자는 감탄사로 시작해야 할 것 같은 생각입니다.

오십을 넘기면서 삼십 년 전 당당했던 청년의 나를 돌아볼 땐 터져 나오는 감탄사에 약간의 눈물이 묻어 있는 듯 느껴지는 것은 왜일까요?

하루하루가 소중했던 시간이었지만 그래도 나라를 위해 바쳐지는 시간이 아깝지 않았다는 육군 병장 김 병장(예비역)과 친구들을 만나서 삼십 년 전 그날의 추억들을 들어 봤습니다.

육군 보병 출신 남주용, 의정부에서 사진 찍는 기술병으로 사단장님의 헬기를 타고 이동했다는 홍기환, 측지병으로 강원도의 모든 산을 두 발로 올랐다는 김진국, 서해안의 해안 초소 경비를 담당한 고연식 씨가 오랜만에 한자리에 모여 군 생활 얘기로 웃음꽃을 피웠습니다.

황원숙 어머니 기자: 모두들 청춘의 30개월을 나라에 바친, 병역을 자랑스럽게 마치신 분들입니다. 여러분 덕분에 제가 편안한 이십대를 보냈군요.

일동: 맞습니다. 정확히 얘기하면 30개월이 아니고 27개월의 군 생활을 했습니다. 저희가 대학에 다닐 때는 대학 1학년 때 문무대에서 기초 군사훈련을 1주 받고, 대학 2학년 때는 전방 입소라고 해서 전방 부대에서 1주간 철책 경계 근무를 했어요. 그래서 30개월의 군 생활 중에서 3개월 복무 단축 혜택을 받아 27개월간 군 생활을 했습니다.

황원숙 어머니 기자: 군대 생활의 추억을 듣고 싶은데요.

남주용: 저는 공병으로 군 생활을 해서 열심히 작업하고, 축구하고 27개월 재미있게 보낸 기억밖에 없네요. 그때는 참 시간이 안 갔는데 지나고 나니 다시 돌아올 수 없는 젊은 날의 한순간이었어요. 가끔은 그때 그 시절이 그리워요.

홍기환: 난 안 걸어 다녔어요. 대학에서 사진을 전공했기 때문에 사단장님의 전속 사진사였지요. 그래서 사단장님의 지프차나 헬기를 타고 이동했어요. 여기 있는 사람들 중 나처럼 사단장님과 함께 헬기 타본 사람 있어요? 없죠? 나 이런 사람이에요. 아, 그때가 좋았는데⋯⋯.

고연식: 전 서해안을 지키는 해안 경비 초소의 없어서는 안 될 인물이었지요. 야간 보초를 서면서 까만 밤바다를 바라보며 부모님 생

각에 눈물도 많이 흘렸지만 그 시간을 보내면서 제 마음이 많이 단단해진 것 같다는 생각을 해요.

김진국: 전 측지 기사 자격증이 있어서 특수병으로 근무를 했는데요. 자세한 얘기는 군사기밀이라 얘기할 수 없고요. 적군과 아군의 위치를 알았을 때 그 위치로 포를 정확하게 쏘기 위한 계산을 하는 것이 측지병의 임무이고 저는 그 임무를 맡은 군인들이 정확한 계산을 할 수 있도록 기준을 잡는 책자를 만드는 일을 했습니다. 그 책자를 만들기 위해서는 우리나라 산 위에 있는 삼각점의 이상 유무를 조사하는 것이 첫 번째 임무죠. 그 이상을 알려고 하면 다칩니다. 그래서 강원도 지역의 산은 모두 다 두 발로 올라 다녔지요. 그땐 정말 산을 걸었다기보다는 날아다녔는데 말이죠. 하하하.

필자가 살고 있는 서울시 서초구에 있는 구룡산 정상 부근에 삼각점이 있습니다. 우리나라의 모든 산 정상 부근에는 이렇게 삼각점이 있다는 것을 김진국 씨와 인터뷰하면서 처음 알았습니다. 그저 지나치며 봐 왔던 삼각점이 여러모로 중요한 임무를 가지고 있었군요. 이것이 국가기밀 누설은 아니겠지요?

황원숙 어머니 기자: 군 복무를 하시면서 기억에 남는 일이 있다면요?

김진국: 제가 1986년도에 입대하고 1988년에 제대를 했는데요. 그때 당시만 해도 강원도에는 안보 정신이 투철했어요. 그래서 우리가 군복을 입고 무전기를 메고 시커먼 복장으로 등산로가 아닌 정

상으로 가는 가장 빠른 길로 산을 오르면 간첩이라고 오인해 군부대나 경찰에 신고가 들어가서 면사무소 방위병이 신분 확인하러 따라오곤 했지요. 저희는 빨리 산에 올라 삼각점의 이상 유무를 확인해야 하기 때문에 일반 등산객이 오르는 등산로가 아닌 가장 빠른 길로 오르거든요. 길이 아닌 곳은 길을 만들며 올랐죠. 그러니 의심받을 만도 했어요. 그런가 하면 주민들이 인정도 많아서 우리가 지나가는 시간이 새참 때와 맞으면 참 먹고 가라고 밥도 나눠 주시고 배추나 무도 건네주시곤 했어요. 그 마음이 얼마나 따뜻했던지 지금 생각해도 마음이 훈훈해집니다.

황원숙 어머니 기자: 산을 오르내리셨으면 몸이 건강해지셨겠어요.

김진국: 그럼요. 온몸이 근육 덩어리였지요. 태백산이나 청옥산, 무릉계곡이 참 좋았어요. 산을 올라서 임무를 마치고 내려다 본 경치가 정말 좋죠. 그때 산을 오르면서 땅을 밟고 산을 알게 되고 자연이 주는 혜택을 누렸었죠. 요즘 같으면 일부러 찾아다녀야 할 곳인데 그땐 그걸 몰랐었죠. 측지병으로 일한 군 생활 동안 몸만 건강해진 게 아니라 서울에서 자란 제게는 위대하고 고마운 자연을 가까이 할 수 있는 기회였죠.

황원숙 어머니 기자: 군대 가던 날 기억나세요?

김진국: 그럼요. 1986년 4월 18일입니다. 그날 아침의 분위기를 아직도 기억합니다. 김광석의 노랫말처럼 부모님께 큰절하고 "몸조심하라."는 아버님의 말씀을 뒤로하고 집을 나와 강남고속버스터미널에서 연무대 가는 고속버스를 타고 논산훈련소 앞에서 머리를 깎고 착잡한 마음으로 입소했죠. 4주간 훈련을 마친 날, 밤기차를 타고

어딘가로 갔죠. 내가 탄 기차가 남으로 가는지 북으로 달리고 있는지도 모른 채 창의 커튼을 모두 내리고 달렸어요.

한참을 달려 새벽녘에 내려 보니 용산역이었고요. '여기서 버스 타면 1시간 이면 집에 가는데…….' 하는 생각이 들더라고요. 지금 이 시간이면 아버지가 일어나시고 엄마는 아침을 준비하실 테고 하는 생각이 드는데 저 멀리 빨간 공중전화가 보이는 거예요.

전화를 걸고 싶은 마음은 굴뚝같았지만 갈 수가 없는 그 마음. 30년 전의 일이지만 그날 그 새벽의 순간이 지금도 선명하게 기억이 납니다. 스물네 살 청년의 마음은 지금 생각해도 마음이 뻐근합니다.

황원숙 어머니 기자: 군대에 가면 모두 효자가 된다던데 정말 그런가요?

김진국: 군대에서 받아 본 어머님의 편지가 기억에 오래 남아있어요. 편지가 오면 내무반별로 편지를 가져와서 나눠 주는데 두툼한 편지 뭉치들 속에서 눈에 익은 어머님의 필체를 봤을 때 그 감격을 뭐라고 얘기를 해야 할까요. 편지를 받기도 전에 눈물이 먼저 후두둑 떨어지더라고요. 어머님이 지금은 돌아가시고 안 계셔서 그리움이 더한가 봐요. 그때 그 편지를 간직하고 있었어야 하는데……. 아쉬움이 크지요.

황원숙 어머니 기자: 네 분 중에 세 분은 아들이 있고 남주용 씨는 딸만 셋이죠? 아들이 있으신 분들은 아들을 모두 군대에 보내실 거죠?

일동: 그럼요. 당연히 군대 갔다 와야죠! (모두 큰소리로)

남주용: 나도 아들이 있었으면 좋았을 텐데……. 그래도 딸 셋 중에

하나는 "군대 간다." 하면 보낼 겁니다. 예쁘고 씩씩한 여군으로 꼭 보내고 싶어요.

누구에게나 스무 살 청춘의 시간은 소중합니다. 그 소중한 시간을 사랑하는 조국과 나누고, 살아가면서 그 시간을 추억하는 것은 인생의 또 다른 즐거움입니다. 대한민국의 스무 살 청년으로서 보낸 나라 사랑의 길이 하룻밤의 수다를 통해 행복한 시간으로 되돌아옵니다.

병역의 의무를 성실히 마친 당신들은 자랑스러운 대한의 사나이들입니다. 많은 시간이 흘러 하얀 머리칼로 눈가의 잔주름으로 세월이 내려앉아있어도 당당한 병역을 이야기하는 모습은 여전히 '아! 스무 살의 청춘'이었습니다.

스무 살 청춘의 소중했던 추억을 공유하고 있는 대한민국 육군 예비역들.
왼쪽부터 남주용, 홍기환, 김진국, 고연식

병역이 자랑스러운 세상에서 여러분은 언제나 주인공입니다.

아빠에게 미리 듣는
군대 생활 지침서

제 남편은 28년 전인 1988년 7월, 병역을 마치고 국방의 의무를 다하고 당당한 사회인으로 돌아왔습니다. 그리고 2012년 제 아들은 생애 첫 징병검사를 앞두고 있습니다. 몸과 마음이 튼튼한 대한민국 청춘이라면 당연히 치러야 하는 '국방의 의무'이지요.

최근 아들은 병역의 의무를 다하기 위해 훈련소로 입대하는 선배를 배웅했습니다. 그리고 함께 고교 생활을 했던 친구는 부사관으로 입대하여 훈련 중입니다. 그리고 카추샤로 군 생활을 하고 싶은 친구들이 언어 공부에 열심인 모습을 보면서 아들도 이제 코앞에 다가온 병역을 실감합니다. 이렇게 생각이 많아진 아들이 아빠에게 조언을 구합니다.

"아빠의 군 생활은 어땠어요? 전 방향을 어떻게 잡는 것이 좋을까요? 군대 생활을 잘하려면 어떻게 해야 해요?"

아빠가 이야기해 주는 '나의 군대 생활'과 '군 생활의 지침서'를 지금부터 풀어 보겠습니다.

1986년 4월 18일 논산훈련소 입소로 시작한 아빠의 군 생활. 측지 기사 자격증이 있어서 관련 특수병으로 복무를 했답니다.

강원도의 모든 산을 매일 오르내리면서 산 정상에 있는 삼각점을 확인하고 다니느라 그때는 온몸이 근육뿐이었다고 높은 산도 날아 다녔다고 자랑입니다. 요즘 얘기하는 초콜릿 복근도 있었다는군요.

오랜만에 남편의 앨범을 열어 25년 전 남편의 모습을 찾아봤습니다. 사진을 찍기 위해 한껏 멋을 부린 모습입니다. 30년 전 초록색 군복은 어떻게 입어도 멋지지 않은데 각을 잡고 반짝거리게 광낸 군화를 신고 오와 열을 맞춰 서서 한껏 폼을 잡고 찍은 사진을 보면 지금도 빙그레 웃음이 나옵니다. 지금도 그렇지만 그때 당시에도 대학교 2학년을 마치면 입대를 했지요. 하지만 남편은 대학 4년을 모두 마치고 늦게 입대를 했습니다. 한참 나이 어린 고참들 속에서 나름대로 군 생활을 잘하기 위한 지침서가 있었겠죠?

〈즐거운 군 생활을 위한 지침서 1〉
1. 생각은 짧게, 행동은 빠르게 움직여라.
2. 세월이 약이다. 어차피 시간은 흘러가고 있다.
3. 긍정적인 사고를 가져라.
4. 모든 것을 남들에 비해 뒤지지 않게 해라.

5. 군 생활의 핵심은 중용의 미덕을 지키는 것이다. 남들보다 빼어나게 잘하려고 하지 마라.
6. 군에서는 나이를 생각하지 말고 계급만 생각해라.

　　강원도에서 산속을 오가며 군 생활을 하다가 대학 동기들이라도 면회를 오면 너무나 좋았답니다. 여학생들이라도 함께 오는 날이면 군부대가 들썩였다는데요. 군 생활의 오아시스는 역시 여자 친구의 면회와 여자 친구의 편지겠죠?

　　25년 전의 사진이라. 요즘 카메라의 사진처럼 뚜렷하지 않지만 남편이 가지고 있는 추억의 한 페이지입니다. 그 옛날엔 그래도 나름 멋쟁이였다는군요.

　　아들과 함께 앨범을 넘기면서 빠르게 흘러 버린 시간을 야속해하기보다는 그 당시의 젊음으로 돌아가는 듯 했습니다.

〈즐거운 군 생활을 위한 지침서 2〉
7. 함께 군 생활을 하는 전우는 모두 가족이라고 생각해라.
8. 무엇이든지 못할 게 없다. 할 수 있다는 자신감을 가져라.
9. 변칙은 정석을 이기지 못한다.
10. 운동 실력은 군 생활의 소중한 자산이다.
11. 원수를 사랑해라.

군대란 또 다른 사회라고 말합니다. 하루 24시간을 나누어 생활하면서 기쁨도 슬픔도, 어려움도 함께하는 또 다른 가족입니다.

스무 살 청춘들이 함께하는 생활, 내 생애 다시는 경험해 볼 수 없는 특권이었다고 합니다. 살면서 두고두고 꺼내 보아도 즐거운 그리고 마음 한 편이 알싸한 좋은 추억이었다고 남편은 말합니다.

〈즐거운 군대 생활을 위한 지침서 3〉
12. 언제 어디서 무슨 일이 생길지 모르니 항상 준비하는 습관을 길러라.
13. 튼튼한 몸을 만들어라.
14. 21개월 프로젝트를 완성시켜라. 군대 생활을 하는 동안 목표를 세워서 그 목표를 달성하도록 노력해라.

준비되지 않은 상황에서는 임기응변으로 대처해야 하기 때문에 그렇게 갑자기 대처하는 것에는 늘 허점이 보이기 마련이지요. 그렇기 때문에 군대에서는 더욱더 모든 것에 철저히 준비하는 습관을 길러야 한다고 합니다.

"내가 하지 않으면 안 되는 곳이 군대이기 때문에 모든 것을 스스로 해결해 나가는 방법을 찾다 보면 해답이 보일 것이고 그러한 노력들이 사회생활에도 적용되면 앞으로 살아 나가는 데 큰 도움이 될 거다."라고 아들에게 얘기해 줍니다.

모든 것이 불안하기만 한 20대.
군대 생활을 통해서 21개월 프로젝트를 완성한다는 생각으로 무엇을 완성시켜서 나갈 것인지 목표를 정해서 노력하면 그 시간들이 쌓여서 진정한 실력이 되겠죠?

어떤 이는 몸짱이 되어 제대하고 어떤 이는 자격증 시험을 준비를 하고, 어떤 이는 미쳐 챙겨 보지 못한 책들을 마음껏 읽어 마음이 풍요로워졌다고 합니다.

우리 아들의 21개월 프로젝트의 제목은 무엇일까 궁금해집니다.

이 글을 읽는 병역의 의무를 앞두고 있는 청춘들. 여러분의 21개월 프로젝트의 제목은 무엇입니까?

조국을 위해 젊음의 시간을 나누는 당당한 청춘 여러분.

우리 남편의 군 생활 지침서가 조금이라도 도움이 되셨나요?

신고합니다.
더 강한 육군으로 입영을 명 받았습니다

하루가 다르게 푸르러가는 나무를 올려다봅니다. 스무 살의 청춘이 저렇듯 아름다운 모습이겠죠. 하루가 다르게 푸르러가고, 하루하루 다른 꿈을 꾸며 그 꿈을 향해 자신을 담금질해 가는 청춘. 청춘의 소중한 시간을 국가에 바칠 줄 아는 멋진 청년. 더 강한 육군으로 입영을 명받은 최대근(21세) 군을 만나 봅니다.

강한 친구 대한민국 육군 캐릭터와 닮은 모습으로 나타난 최대근 군은 '군인의 기본은 육군!'임을 말합니다. 내 조국, 국민과 영토를 지키기 위해 땅 위에서 공격과 방어의 임무를 수행하는 육군. 강한 육군이 마음에 들어 지원했답니다.

햇살이 따사롭고 개나리, 진달래, 산수유 꽃을 비롯해 온갖 봄꽃들이 만발하는 계절을 뒤로하고 입대하는 청춘에게 미안한 마음이 드는 건 어쩔 수 없는 엄마 마음인가 봅니다.

황원숙 어머니 기자: 나라를 위해 젊음의 소중한 시간을 내어 준 대근

군 고맙습니다.

최대근 군: 우리나라 젊은이들이라면 누구나 해야 하는 일이잖아요. 제 친구들도 모두 국방의 의무를 다하는 것을 당연하게 생각하고 있어요. 해군으로 입대한 친구도 있고 공군으로 입대한 친구도 있어서요. 전 우리나라 국군의 균형을 맞추기 위해 육군으로 입대합니다. 농담이고요. 제가 멀미가 심해서 배 타는 것도 좀 내키지 않고요. 또 올해 눈이 많이 왔잖아요. 활주로의 눈을 깨끗이 치워야 하는 공군도 부담스러워서 육군을 지원했습니다.

제가 철도차량학과여서 전차 수리나 운전, 포탑 수리병으로 지원했는데 떨어졌어요. 그래서 '기본에 충실한 보병이 되자!'라고 마음먹었습니다. 지원은 1월에 병무청 홈페이지를 통해서 했고 4월 2일에 102 보충대로 입영합니다.

황원숙 어머니 기자: 2013년 4월 2일 입대하면 제대는 언제 하나요?

최대근 군: 2015년 1월 1일에 합니다. 군에서 생활하는 21개월 동안 제가 살아왔던 21년보다 더 열심히 지낼 생각입니다.

나라의 안녕을 위해서 최선을 다해 국방을 지키고 제게 필요한 자격증 공부도 하려고요. 그리고 이제는 글로벌 시대잖아요. 학교 다니면서 소홀했던 영어를 자신 있는 언어로 만들고 싶어요. 그래서 제대하고 나면 워킹 홀리데이Working Holiday를 계획하고 있습니다.

워킹 홀리데이란 1년 동안 외국에 체류하면서 일도 하고 어학연수를 병행하면서 그 나라의 문화와 언어를 공부할 수 있는 제도인데요. 복학하기 전에 다양한 언어와 문화 속에서 살아가는 사람들을 만나서 제 인생의 폭을 넓히고 싶어요.

황원숙 어머니 기자: 군에서도 그렇고 제대하고 나서도 시간을 알차게 보내겠다고 벌써 계획을 다 세워 놨군요.

최대근 군: 아마 계속 학교 다니기만 했더라면 이렇게까지 생각하지 못했을 거예요. 군에 입대할 날이 다가오니 '이젠 지금까지와는 다른 생활을 해야 한다. 군에 입대해야 하는 시간이 가까워지니까 나도 이제 어른이구나. 그럼 내 인생을 어떻게 살아야 할까?'라고 생각하게 되었고 앞으로의 인생에 대해서 계획하게 되더라고요. 갑자기 시간의 소중함을 느끼게 되었습니다. 그래서 '어떻게 하면 아깝지 않은 시간을 보낼까?' 하고 고민하게 되고요.

황원숙 어머니 기자: 부모님께서 대근 군에게 특별히 해 주신 말씀이 있다면요?

최대근 군: 요즘 사실 좀 불안하잖아요. 102 보충대로 입영하면 전방으로 배치된다고 하니까 부모님께서 걱정을 많이 하세요. 제가 외동이라서 더 마음이 쓰이시겠죠. 저도 제가 군에 입대하고 나면 부모님 두 분만 계시게 되니까 걱정도 되고요. 하지만 누구나 다 가는 군대이고 저도 꼭 가야 하는 군대이기 때문에 씩씩하게 갔다 오려고요. 몸 건강하게 갔다 오는 게 부모님께 효도하는 거라 생각해요. 군 생활을 통해서 저도 아이에서 어른으로 바뀌어서 돌아오고 싶어요. 시간이, 청춘이 아깝기도 하지만 자랑스러운 대한의 군인으로 생활하면서 나의 지나온 시간을 되돌아보고 내가 달라질 수 있는 시간으로 만들고 싶어요. 그렇게 마음먹고 나니 입대하고 훈련받고 이등병 계급장을 받고 시작하게 될 그 시간이 빨리 왔으면 좋겠다는 생각입니다.

논산훈련소에 입소하는 아들들 뒷모습

황원숙 어머니 기자: 친구들 입대할 때 훈련소까지 함께 가기도 했나
요?

최대근 군: 네. 얼마 전 공군 취사병으로 입대한 친구를 따라 진주
에 갔었는데요. 머리 깎은 친구의 모습이 어색하기도 하고 부모님
과 헤어지기 전에 부모님께 큰절을 하더라고요. 그리고 3초간 함성
을 지르고 뒤돌아 가는 모습에 가슴이 찡하면서 '아, 이제 일주일 뒤
에 내 모습이 저렇겠구나.' 싶으면서 외동으로 키운 절 보내는 부모
님 생각이 나서 눈물이 좀 났어요.

황원숙 어머니 기자: 그렇다면 부모님께 한 말씀 해 주세요.

최대근 군: 어머니, 아버지. 그동안 절 이렇게 키워 주셔서 감사합니
다. 걱정하시지 않게 몸 건강히 잘 다녀올게요. 제가 없어도 너무 외

로워하시지 마세요. 제가 군에서 제대하는 그날까지 두 분 모두 건강하세요. 지금보다 더 씩씩하고 건강한 사나이로 돌아오겠습니다.

엄마 마음이 다 그렇겠죠. 대근 군의 얘기를 들으며 제가 눈물이 나더군요. 군에 아들을 보내 놓고 무사히 건강하게 돌아오기를 바라는 부모님 마음만 생각했었는데 자신이 없는 집에 계시는 부모님을 걱정하는 아들의 마음도 있네요. 어느새 의젓한 어른이 되었군요.

아들을 군대에 보내는 시간 그리고 부모님과 헤어져 나라를 지키는 군인이 되는 시간은 인생의 쉼표이지 않을까요? 음악이 아름다운 건 음표와 음표 사이에 쉼표가 있기 때문이랍니다.
우리들 인생이라는 교향악에 절묘하게 들어가 있는 쉼표, 그 쉼표를 선물이라고 부르고 싶습니다. 최대근 군이 강한 육군으로 다시 태어나는 그 시간이 앞으로의 인생에 가장 큰 선물이 되기를 기원합니다.

2014년 8월 8일,
훈련병 아들에게 쓰는 엄마의 편지

　찰리 채플린은 말했습니다. "인생은 가까이서 보면 비극이지만 멀리서 보면 희극이다."라고 말입니다. 스무 해 동안 아들을 키워 국방의 의무를 다하는 모습을 보면서 그 아들의 엄마가 고맙게 느껴졌습니다. 그리고 스물이라는 청춘의 시간을 국가와 국민을 위해 21개월 동안 자신을 접고 새로운 세상으로 당당히 걸어 들어가는 아들을 보면서 자랑스럽다고 말하곤 했습니다.

　이제 제가 그 고마운 엄마가 되었고 제 아들이 스무 살의 시간을 정리하듯 파마하고 왁스를 발라 세웠던 머리카락을 깨끗하게 정리했습니다. 그리고 군이라는 또 다른 세상으로 걸어 들어가야 하는 시간이 되자 제 심장이 두근두근 뛰기 시작했습니다. 무거운 마음에도 굵은 비가 주룩주룩 내리니 '이것이 아들을 군에 보내는 엄마의 마음이구나.'라는 생각을 했지요.

논산훈련소로 입소하는 날 아침.

까까머리로 자고 있는 아들을 보고는 일어나라는 말도 못하고 가만히 보고 있었습니다.

이제는 우리 아들이 아니라 대한의 아들로 보내야 하는 시간이 되었다는 것을 실감하는 순간입니다.

유난히 뜨거운 태양이 쏟아지던 8월의 그날, 육군훈련소 정문을 향해 출발했습니다.

2시까지 입소하라는 입영 통지서를 가지고 오전 10시쯤 집을 나섰지요.

고속도로를 달리는 차 안은 긴장과 침묵이 무겁게 흐르고 있었지만 누구도 먼저 입을 열지 않았습니다. 논산을 향해 달리다가 쉬고자 들어갔던 휴게소에는 오늘 육군훈련소로 입소하는 까까머리 입영 장정들의 모습만 보이더군요. 입소 시간이 다가오자 끊임없이 차가 들어오고 친구들과 부모님과 함께 온 입영 장정들이 훈련소의 연병장을 가득 메웠습니다.

국방의 의무를 다해야 하는 장정들에게 기초 군사 교육을 실시하는 교육 부대로 1951년 11월 '육군 제2 훈련소'라는 이름으로 창설된 논산육군훈련소는 63년 동안 강한 대한의 건아들과 함께해 왔지요. 제 남편도 1986년 4월 18일 이곳 논산 육군훈련소로 입소했다고 하니 28년 만에 다시 찾아 온 이곳을 둘러보는 마음이 남달랐겠죠.

2014년 아들을 군에 보내는 날 논산훈련소의 모습

    연병장 주변을 맴돌며 이곳저곳을 둘러보는 사이에 입영 장정은 연병장으로 나오라는 말이 스피커를 통해 들렸습니다. 이곳에 오는 내내 이별을 준비하고 왔지만 말 그대로 뜻밖의 일처럼 이별이 닥쳐오더군요.

"엄마 갈게."
"그래 잘 갔다 와."

    입 밖으로 나오지 못한 그 말을 우리 모자는 눈빛으로 주고받으며 헤어졌습니다. 오늘은 입영문화제 없이 간단한 입영식을 진행합니다. 조금 전까지도 "엄마 안녕."하던 아들이 의젓하게 멀리서 거수경례를 합니다. 이렇게 많은 입영 장정들 속에서도 우리 아들이 한눈에 들어오니 엄마는 참으로 위대합니다.

이제 잠깐이지만 부모님과 이별하고 혼자만의 세상으로 걸어 들어가는 모습입니다. 무더운 날씨 고된 훈련이 이어지겠지만 씩씩하게 이겨 내고 멋진 대한의 아들로 돌아오길 기원합니다.

"현수야.", "동규야 잘 갔다 와.", "기환아, 몸조심하고."

아들의 이름을 부르며 손을 흔드는 부모님들. 아들의 모습을 찾아가는 엄마들의 눈에서 눈물이 흐릅니다. 5주 뒤에 더 씩씩한 아들의 모습을 만나겠지만 어쩐지 마음이 울컥해서 흐르는 눈물은 어쩌지 못합니다.

아들과 함께 들어왔다가 아들을 두고 나서는 길.

징병신체검사를 받고 입영을 기다리면서 긴 이별을 준비해 왔지만 언제나 이별은 벼락같이 다가와 허전함만을 남깁니다. 그 허전한 마음을 다독이며 훈련을 받고 있을 아들에게 가슴에 담은 말들을 써 내려갑니다.

아들, 잘 지내고 있지?

유난히 화창했던 날 너를 논산육군훈련소에 두고 오면서 서울까지의 길이 천 리 길만 같더니 벌써 열흘이 흘렀구나. 집에 돌아와 너의 책상을 정리하고 너의 옷들을 세탁해서 차곡차곡 접어 넣으며 너와 함께했던 스무 해 시간을 펼쳐 보았단다. 약하게 태어나 잔병치레가 많아 늘 조마조마했던 너의 어린 시절 . 그리고 너의 첫 입학식과 영어를 배우며 온갖 영어 간판을 소리 나는 대로 읽어 내려가던 웃지 못할 순간들.

폭우가 쏟아지던 날 하루 종일 올랐던 지리산 장터목산장 그리고 함께 마주했던 천왕봉의 일출. 밤하늘의 별을 보고 오가던 고3 생활, 스무 살의 낭만을 한없이 즐겼던 너의 대학 생활도 엄마에겐 늘 기쁨이었단다.

이제 자랑스러운 대한의 건아로 국방의 의무를 다하는 씩씩한 군인 아저씨가 되었구나. 짧게 깎은 머리가 아직 익숙지 않지만 뜨거운 태양 아래서 갑작스럽게 쏟아지는 폭우 아래서 대한의 건아로 새롭게 태어날 너를 엄마는 응원한다. 잘하고 있을까. 걱정은 되지만 동기들과 잘 해내고 있으리라 믿는다. 엄마의 아들이니까.

훈련받느라 태양 빛에 그을리겠지만 건강한 모습으로 다시 만나자.

너를 위해서, 대한민국 60만 아들들을 위해서 엄마는 아침저녁으로 기도한다.

몸 건강히, 마음도 건강히 한 뼘씩 더 자라서 자랑스러운 대한의 아들로 돌아오라고······.

딸아이 대입 끝,
내 인생을 찾아가다(정책브리핑 2016년 1월 2일)

오직 한곳만을 바라보고 달려온 2015년이었습니다. 딸아이의 대학 입시라는 험한 산을 넘고 보니 몸과 마음이 빈 강정 모양 껍데기만 남았고요. 바늘구멍만 한 출구를 향해 달려온 12년의 보상은 합격을 알리는 컴퓨터 화면의 종이 한 장으로 충분합니다.

2015년 수학능력시험 날 아침 선배들을 응원하는 후배들의 모습

최선은 아니지만 남부럽지 않은 학교에서 하고 싶은 공부를 하게 된 딸아이는 요즘 천국입니다. 스무 살 청춘답게 요란한 인생 계획표를 세우고 있죠. '30년 전 내 모습도 저렇듯 설레고 찬란했을까? 그리고 30년이 지난 오늘, 나는 그때 꾸었던 꿈을 이루었을까?'라는 생각을 해 봅니다.

스무 살에 꾸었던 원대한 꿈을 이루지는 못했지만 한 사람을 만나 결혼하고 아이들을 낳고 최선을 다해 교육시키고 대학에 보냈으니 이 정도면 할 도리를 하고 살아왔다는 생각입니다. 이제 다시 나만을 생각해도 되는 순간이 되었습니다.

청춘들과 겨루어 무엇을 어떻게 해 볼 자신은 없지만 내가 가장 좋아하는 일을 하며 살아야겠다는 생각을 합니다. '오십 청춘'에 새로운 꿈을 꿀 수 있다는 것. 그 꿈을 생각하는 것만으로도 하루 종일 행복합니다.

필자의 아버지는 수의사였습니다. 아버지 주변에는 늘 동물들이 있었고 서울대공원의 동물원이 문을 열던 1984년에 아버지와 함께 동물원에서 만났던 많은 동물들을 기억하고 있죠. 아버지가 돌아가신 후 필자는 서울대공원 동물원에서 동물과 야생 조류를 해설하면서 아버지를 추억하고 있답니다. 동물을 만나고 교감하는 일, 그것은 여전히 필자의 가슴을 뛰게 합니다.

300여 종 3,200여 마리의 동물들이 살고 있는 동물원은 아이들에게 좋은 교육 현장이 됩니다. 사람과 동물이 함께 살아가야 하는 세상임을 깨우치기 위해서는 동물들에 대해서 좀 더 자세하게 알아야 하기 때문이죠. 늘 그렇지만 동물을 바라보는 아이들의 눈에는 호기심과 사랑이 묻어 있습니다.

지금보다 더 좋은 세상을 만들어 나갈 새싹들과 함께하는 시간이 즐겁습니다. 가정이라는 일상에서 벗어나 새로운 즐거움을 찾아가는 첫 번째 나의 직업입니다.

청계산 자락에 자리 잡은 서울대공원의 사계절은 모두 아름답습니다. 그중에서도 한여름 밤의 동물원은 활기찹니다. 일 년에 한 달, 밤 9시까지 문을 여는 동물원에서 만나는 동물들은 나른하게 보내는 낮 시간과는 전혀 다른 모습을 보여 주기 때문이지요.

밤에 활동하는 야행성인 호랑이와 사자의 울음소리가 멀리까지

서울대공원 동물원에서 아이들에게 해설을 하고 있는 필자

들리고 해질녘에 기지개를 켜고 일어나는 하마의 물장구 소리에 신나는 시간입니다. 그 시간 동물원을 찾은 관람객들에게 동물들의 이야기를 풀어놓으며 걷는 순간이 행복합니다. 아이들이 학원을 마치고 집으로 돌아오는 시간을 맞추기 위해 해설을 마친 후 바쁘게 달려오던 생활에서 이제는 해방입니다. 올 여름부터는 동물원의 오싹한 어둠을, 살아있는 동물원의 오감을 마음껏 누리며 여유를 부려도 되니 이보다 더 좋을 수 없습니다.

주부라면 누구나 식기에 대한 꿈이 있죠. 실용적이고 내 맘에 드는 그릇을 백화점에서 사기보다 직접 만들어 보자고 생각하며 도전한 것이 도자기 수업이었습니다. 지금도 단국대학교 평생 교육원에서 흙과 물과 불과 함께하며 그릇을 빚어내고 있습니다.

4학기 동안 진행된 도자기 수업을 마치고 열린 졸업 작품전 현장

창작은 끝없는 도전이라 학기를 마치고도 그릇에 대한 열정은 끝이 없습니다. 후다닥 빚어내던 접시들, '이제는 정성껏 즐기며 만들어 내리라.'라고 다짐합니다. 1,300도의 가마에서 두 번 구워진 접시들을 모아 올해가 가기 전 개인전을 열어 보는 것이 꿈입니다.

나는 동물이 좋고 흙으로 빚어내는 그릇이 마음에 듭니다. 그리고 나무를 좋아합니다. 아침부터 저녁까지 바쁜 도시의 일상 속에서 상처받은 마음을 치유할 수 있는 곳은 나무가 울창한 숲 속이죠. 서울의 곳곳에 솟아 있는 푸른 산, 그 속에서 만나는 나무와 풀꽃은 사람이 줄 수 없는 힐링의 비타민을 줍니다.

그 숲 속에서 치유의 비타민을 여러 사람들과 나누고 싶은 것은 또 다른 나의 꿈입니다. 그래서 2016년 올해는 숲해설가에 도전합니다. 먼저 교육기관을 선택하고 이력서와 지원서를 보내 1차 서류 통과 문자를 받았습니다.

1차 통과를 하고 나면 185시간 숲에 대한 이론교육과 현장 강의를 받게 됩니다. 2차 필기시험과 시연을 통과하면 30시간의 자원봉사 시간을 채우고 숲해설가로서의 자격을 갖추게 됩니다. 새싹이 피어나는 봄부터 시작하게 될 숲해설가 공부는 내 가슴을 뛰게 합니다. 아이들의 학습 계획을 세우고 학원 시간표를 맞추던 실력을 이제는 내게 발휘할 때입니다. 오십의 둔해진 머리로 어려운 숲 공부를 어떻게 해야 할지 걱정도 되지만 스무 살 청춘의 새로움으로 시작하면 못할 게 뭐 있겠는가 싶습니다.

영화배우 제임스 딘은 "영원히 살 것처럼 꿈꾸고 오늘 죽을 것처럼 살아라."라고 말했습니다. 동물 해설사로, 도자기를 빚는 도공으로 그리고 미래의 숲해설가가 되기 위해 공부하는 학생으로 살아야 하는 2016년. 바쁘겠지만 오늘도 나만의 미래를 꿈꾸는 오십의 아줌마는 행복합니다. 내 인생 오십에 보이는 새로운 길, 스무 살 청년의 당당함으로 걸어가 보렵니다.

내 아들은 군인입니다

아들이 보고 싶습니다
잠시 머무르는 정거장처럼
잠깐씩 다녀가는 짧은 만남
엄연한 군인이란 걸
결코 잊은 적은 없습니다

약간 낯선 말투를 하며
한 발쯤 물러서 올리는 경례
빳빳한 머리칼만큼이나
쭈뼛 선 군기를 매일 입는 아들
그래도 안색은 좋았습니다

싸움 한 번 안 해 본 아입니다
백 번을 연습해도
실전은 두렵다는 걸
군인의 어미는 압니다
그래서 늘 두 손을 모아요

몸 성히 군 복무 마치길

내 아들 다치지 않기를

돌덩이에도 기운이 있을까

차이는 발길에도 공덕을 쌓아요

아가처럼 착하게 살게 되네요

아들의 군복보다 더 낯선

아들이 없는 텅 빈 집에

홀로 앉아 있으려니

엊그제 다녀간 녀석이

꿈에 본 듯 벌써 그립습니다

맺음말

엄마가 14세 때 태어난 소녀가 있습니다. 그 소녀는 어린 부모와 쓰레기 더미를 뒤지면서도 자신의 꿈을 이루기 위해 필사적으로 노력했습니다. 자신의 운명을 스스로 바꾸는 꿈, 가족이 행복하게 사는 꿈을 꾸며 그 소녀 카디자 윌리엄스는 2009년 18세 때 하버드대학에 입학하면서 교육 전문 변호사라는 또 다른 꿈을 꾸었습니다. 그 꿈을 이룰 수 있었던 것은 엄마의 도움이 컸습니다. 그 엄마는 딸을 오프라 윈프리로 부르면서 힘을 실어 주었다고 합니다.

아들을 군에 보낸 우리는 병무청 활동으로 나라를 사랑하는 방법을 홍보하고 싶었습니다. 소름 돋게도 귀한 기회가 찾아왔습니다. '광복 70주년'에 7명의 어머니들은 7개의 주제를 가지고 책을 만들었습니다. 군 입대를 앞둔 아들을 둔 부모들이 이 책을 읽으면서 미리 군 생활 21개월을 경험하고 아들이 '대한민국의 자랑스런 건아'가 되게 하는 방법을 공유하고 싶었습니다. 미숙했던 장병의 어머니들이 작은 소통 창구가 되길 바라며 대한민국 청춘들이 군대의 경험으로 자신의 꿈을 이루기를 바라봅니다.

- 김용옥

대한민국 60만 장병의 어머니에게 경의를 표하며……. 누구나 다 그렇겠지만 애지중지 키운 아들을 대한민국 철통 방위에 앞장세우고 올려다본 밤하늘은 유난히 까맸습니다. 그 하늘이 이어진 곳 어디쯤은 밤 경계 근무로 아들도 올려다볼 것이라는 생각에 쉽게 눈을 떼지 못하는 엄마였습니다.

21개월 군 복무를 마치고 온 아들이 우렁찬 목소리로 전역 신고를 할 때는 폭풍처럼 흐르는 눈물 때문에 아무것도 보이지 않았습니다. 그날은 아들을 등에 업고 온 동네를, 온 나라를 향해서 자랑이라도 하고픈 날이었습니다. 이 글을 내 아들 박정곤, 박인곤에게 주렵니다. 사랑하고 또 사랑한다!

- 김혜옥

요즘 군대 많이 좋아졌다고들 하지만 막상 '아들을 군에 보내야 한다.'라고 생각하면 가슴이 먹먹해지는 게 사실입니다. 하지만 세계 유일의 분단국가 대한민국에서 내 아들의 손에 국가의 안위가 달려있다 생각하면 한편으로는 가슴이 뿌듯하기도 하지요. 두렵고 떨리던 마음이 뿌듯한 자부심으로 용기 백배 든든해지는 건 군인을 아들로 둔 엄마에게 찾아오는 선물 같은 기쁨입니다. 폭풍 몰아치던 밤을 지나 고요히 밝아 오는 새벽 맞는 심경을 공유하고 싶었습니다.

- 류자

시간은 누구에게나 공평하지만 그 시간을 어떻게 사용하느냐에 따라 공평하지 않을 수도 있게 됩니다. 아들의 입대와 함께 잠시 멈추는 거라 생각했던 시간들. 입대를 지원하고 여러 번 떨어지면서 잠을 자다가도 군대에 가 있는 모습을 꿈에서 봤다던 아들. 군대 가고픈 마음과 가고 싶지 않은 마음속에서 줄타기를 하던 아들이 정작 군에 입대하고 나서는 볼 때마다 씩씩해지고 탄탄해지는 모습에 조금씩 안도하게 되고, 제대를 앞두고서는 군대 체질이라며 군에 남고 싶다는 희망마저 비쳐 올 때엔 '내 아들이 보낸 그 시간들이 정말 허투루 보낸 시간들은 아니었구나.' 안도하게 된 그런 모성. 아들을 군대에 보내고 조금 더 아들과 가까워지기 위해 병무청 블로그 어머니 기자단에 지원하고 아들과 함께 저도 그 시간을 보람차게 건너왔습니다.

세월……. 잠깐입니다. 힘들고 어려운 시간도 어떻게 마음먹고 어떻게 보내느냐에 따라 의미 있는 시간이 되기도 하고 무의미한 시간이 되기도 합니다. 이 시간, 아들과의 잠시 이별에 불안해할 어머니들에게 그 시간은 낭비가 아닌 대한의 남아로서 좀 더 탄탄해지고 강건해지는 변화의 시간이 될 거라고 말씀드리고 싶습니다.

— 백경숙

"너와 함께하리라!"란 말이 가슴에 박혔습니다. 두 아들 군에 보낸 어미는 여성 예비군에 입대했습니니다. 아들은 무적 탱크로 전방을 지키고 어미는 지역 안보를 지키니 늘 함께하는 마음으로 애국 전사가 되었습니다. 100세 어머니와 함께 평화로운 세상에서 행복한 삶을 영위하는 지금이 소중합니다.

"이웃 사랑 봉사 활동에 앞장 선 호박조. 행복한 미소를 지으며 이 세상을 다녀가다. 내 곁을 지켜준 모든 분들께 감사한 마음을 전하며." 나의 묘비명에 쓰고 싶은 글입니다. 함께한 7인의 우정을 가슴에 새기며 뜨거운 사랑을 보냅니다.

- 조우옥

광복으로 그토록 그리던 우리말을 할 수 있게 되었지만, 자꾸만 일본 말이 튀어나와 독립 유공자이셨던 선친께 매를 맞았다는 광복드림팀 최고령자 윤용황 선생님, 아들을 군에 보낸 어머니들이 의미 있는 일을 한다며 막 제5대 대한가수협회 회장으로 당선되어 바쁜 가운데도 특유의 너털웃음으로 화답해 주신 해병대 출신 김흥국 회장님, '독서는 전투력'이라며 병영 독서에 앞장서는 분들 등 힘을 실어 주신 모든 분께 감사드립니다.

6·25 참전 용사이셨던 아버지는 생전 손자들에게 참전 용사 배지와 조끼를 보여 주시며 "청춘의 훈장은 군대!"라며 군대 이야기를 들려주셨습니다. 아들의 입대를 못 보고 돌아가신 아버지께 이 책으로 안부 올립니다.

- 최정애

오십 년을 살았습니다. 그리고 부족한 글을 모아 작은 책 한 권을 묶었습니다. 그곳엔 평생을 군인으로 살아온 아버지의 일생과 대한민국 육군 병장으로 제대한 남편의 추억과 병역의 의무를 다하는 아들의 이야기가 담겨 있습니다. 한 여자의 오십 년 인생이 대한민국의 군대 이야기와 엮여 있습니다. 부족한 글을 실으며 이제는 만나 볼 수 없는 아버지가 그립습니다.

동분서주하는 바쁜 아내와 엄마를 이해해 주는 남편 김진국 씨와 아들 김현수에게 고맙다는 말을 전합니다. 스무 살 청춘의 소중한 시간을 국가와 나누고 있는 자랑스러운 청춘들에게도 고맙다고, 그대들이 자랑스럽다고 말하고 싶습니다. 마지막으로 언제나 제게 기쁨이 되어주는 딸 지윤이에게 감사의 마음을 전합니다.

— 황원숙

2015년을 빛낸 도전한국인 10인 수상자, 대한가수협회 김흥국 회장의 영원한 해병대 정신을 응원하며

2015년을 빛낸 도전한국인 10인상 수상자, 영화 〈연평해전〉 김학순 감독과 함께 장병 사랑을 외치며

아들 입대를 계기로 만난 7인의 엄마가 탈고 후 가벼운 마음으로 한자리에 모였다.

아들들아, 엄마 바깥일 열심히 하도록 군 생활 잘해주어 고마워~

아들들이 꿈을 펼칠 수 있는 세상을 염원하며, 국회가 열리는 국회의사당 앞에서

장병사랑이 남다른 행복에너지 출판사 권선복 대표와 출간 회의 중 찰칵

아들 입대를 계기로 만난 7인의 엄마는 인생후반기를 맞아 건강한 사회를 위해 보탬이 되는 일을 하고자 한다

국방기술품질원이 운영하는 제3기 어머니장병급식모니터링단 발대식에서

어머니장병급식모니터링단 3기 발대식에서 이헌곤 국방기술품질원장 그리고 7인의 엄마와 함께한
〈명량〉, 〈국제시장〉 소설 작가인 김호경 작가. 김 작가는 해병대 출신으로 장병사랑이 남다르다

우리나라를 지키는 청춘과
그들을 지키는 어머니

– 권선복(도서출판 행복에너지 대표이사, 한국정책학회 운영이사)

이 책은 소중한 아들을 군에 보낸 어머니들의 마음으로부터 시작됩니다. 이 책의 저자인 7명의 어머니들은 아들을 군에 보낸 후 아들의 신분인 '군인'에 대해 그리고 군인이 하는 일에 대해 다시 한 번 생각하게 됩니다. 또한 어머니들은 생각하는 것에 그치지 않고 군인들이 하는 일을 직접 체험하며 나라를 지키는 것에 대한 위대함을 가슴 깊이 생각합니다.

아들을 그리는 마음에 몸소 병영생활을 체험한 어머니들에게서 우리는 많은 것을 느끼고 깨닫게 됩니다. 이 책을 읽다 보면 우리가 자세히 알지 못했던 현재 우리나라 군인들의 생활을 엿볼 수 있으며 그것에만 머무르지 않고 그들의 소중함에 대해 되새기게 됩니다.

우리나라는 아직 전쟁이 끝나지 않은 휴전 상태의 국가입니다. 그렇기에 대한민국 국민이라면 나라를 지키기 위해 자신의 청춘을 바치는 군인들이 얼마나 소중한 존재인지에 대해 알아야 할 의무가 있습니다. 이 책이 수많은 독자들의 애국심을 고양시키고 군인들에 대한 사회 전반의 시각이 더욱 긍정적으로 개선되기를 기대해 봅니다.

병영생활이 점점 더 좋아진다고 하지만 부모님들은 우리 아들들이 군대에서 어떻게 생활하는지에 대해 여전히 커다란 관심을 가지고 있습니다. 최정애, 김용옥, 김혜옥, 류자, 백경숙, 조우옥, 황원숙 우리 7명의 어머니들도 같은 고민으로 병영생활을 하며 자신의 경험을 글로 써내려갔습니다. 우리의 아들들이 현재 경험하고 있는 것이기에 더욱 애틋한 마음으로 임하고, 많은 생각을 하게 되었습니다. 귀한 인연으로 이 책을 기획하고 출간하는 데 커다란 힘을 보태 주신 최정애 기자님께 큰 감사의 말씀을 드리오며, 2017년에는 우리 아버지들이 기획한 『7인 아빠의 병영일기』가 출판되기를 기대합니다.

어머니들의 소중한 경험이 담긴 글이 아들을 군에 보낸 다른 부모들에게는 위로가, 그리고 군대를 경험하지 못한 젊은이들에게는 소중한 지식이 되기를 소망합니다. 어머니들의 열정으로 탄생한 이 책이 모든 독자분들의 삶에 행복과 긍정의 에너지가 팡팡팡 샘솟게 하기를 기원드립니다.

하루 5분나를 바꾸는 긍정훈련

행복에너지

'긍정훈련' 당신의 삶을
행복으로 인도할
최고의, 최후의 '멘토'

'행복에너지
권선복 대표이사'가 전하는
행복과 긍정의 에너지,
그 삶의 이야기!

인터파크
자기계발 분야 주간
베스트 1위

권선복 지음 | 15,000원

권선복

도서출판 행복에너지 대표
한국정책학회 운영이사
대통령직속 지역발전위원회
문화복지 전문위원
새마을문고 서울시 강서구 회장
전) 팔팔컴퓨터 전산학원장
전) 강서구의회(도시건설위원장)
아주대학교 공공정책대학원 졸업
충남 논산 출생

책 『하루 5분, 나를 바꾸는 긍정훈련 - 행복에너지』는 '긍정훈련' 과정을 통해 삶을 업그레이드
하고 행복을 찾아 나설 것을 독자에게 독려한다.
긍정훈련 과정은 [예행연습] [워밍업] [실전] [강화] [숨고르기] [마무리] 등 총 6단계로
나뉘어 각 단계별 사례를 바탕으로 독자 스스로가 느끼고 배운 것을 직접 실천할 수 있게 하
는 데 그 목적을 두고 있다.
그동안 우리가 숱하게 '긍정하는 방법'에 대해 배워왔으면서도 정작 삶에 적용시키지 못했던
것은, 머리로만 이해하고 실천으로는 옮기지 않았기 때문이다. 이제 삶을 행복하고 아름답
게 가꿀 긍정과의 여정, 그 시작을 책과 함께해 보자.

『하루 5분, 나를 바꾸는 긍정훈련 - 행복에너지』